행복한 내일을 꿈꾸는

_____ 에게

_____ 로부터

작가 고유의 글맛을 살리기 위해
'한글 맞춤법'에 맞지 않는 일부 표현은 수정하지 않았습니다.

포기할까 망설이는
너에게

김나진

나의 날을 기다린다.

꿈을 만나는 날.

상상만으로도,
그저 떠올려 보기만 해도
마음이 가득 차게 되는 날.

새로운 꿈을 만나는 날.
모든 게 끝인 줄 알았지만
그게 아님을 깨닫는 날.

꿈속의 꿈을 만나는 날.
덕분에 살아갈 수 있는 날.
앞으로 나아갈 수 있음을 알려 주는 날.

다시 이런 날을 기다린다.

Prologue

오늘도 포기하고 싶은 일투성이입니다.

끊임없이 마주하는 해야 할 것들, 열정이란 이름 뒤에 교묘하게 숨어 나도 모르게 강요받고 있는 일들, 나를 점점 지쳐가게 하는 꿈을 향한 여정, 좀처럼 나아지지 않는 학업, 직장 생활, 인간관계, 육아, 나와의 싸움 등 포기하고 싶은 일들로 가득 찬 일상입니다.

내가 지금 포기할까 망설이고 있다면 그건 지극히 자연스러운 일입니다. 내가 감정이 배제돼 있는 존재, 사람이 아닌 다른 무엇이라면 이런 마음은 우리에게 찾아오지 않습니다. 내가 사람이라는 걸 증명하고 있는 것이지요.

또한 포기할까 망설이고 있는 지금이 바로 꿈을 이루기 직전의 순간일지 모릅니다. 꿈이라는 녀석은 현실이 되기 직전의 순간이 가장 길고 가장 어둡습니다. 끝나지 않을 슬럼프 같기도 하고 내 길이 아닌 것 같은 착각도 불러일으킵니다.

널리 알려진 이런 훌륭한 말이 있습니다.

"99도까지 열심히 온도를 올려놓아도 마지막 1도를 넘기지 못하면 영원히 물이 끓지 않는다. 물을 끓이는 건 마지막 1도, 포기하고 싶은 바로 그 1분을 참아내는 것이다."

이미 현답이 있는데 우문을 다시 던져봅니다.

"꼭 100도로 끓어야만 할까."

가장 좋은 방법은 포기하지 않고 끝까지 하는 것이라 생각됩니다. 어렵게 찾아낸 나의 소중한 꿈을 이루어낸다면 그보다 더 좋은 일이 어디 있을까요. 마지막 1도를 끌어올려 내 열정과 꿈이 만나는 순간을 맞이하는 것보다 짜릿한 일은 없을 겁니다.

하지만 꿈 '때문에' 지금 내가 너무 괴롭다면, 포기하는 것도 나쁜 방법은 아닐 겁니다. 현재의 삶이 너무 힘들어도 꿈 '덕분에' 버텨내고 견뎌낼 수 있다면 나아가는 것이 맞지만, 꿈이 나를 너무 어렵게만 한다면… 말이에요. 언젠가부터 '덕분에'가 '때문에'로 바뀌었다면 말이에요….

참 어려운 이야기를 이렇게 쉽게 던질 수 있는 까닭은, 꿈이란 건 언제 어디에나 존재하기 때문입니다. 나이, 장소, 내가 처한 상황과는 관계가 없습니다. 누구에게나 가슴속에 묻어둔 꿈 하나는 분명히 살아 숨쉬고 있습니다.

어린 시절만 떠올려 봐도 그렇습니다. 제가 기억하는 저의 첫 꿈은 과학자였어요. 하지만 그 뒤로 셀 수 없을 만큼 꿈이 바뀌었습니다. 꿈이 아예 사라져 버린 시간들도 꽤나 길었습니다.

나이를 먹어도 달라진 건 없었습니다. 아나운서의 꿈을 이루고 나서 보니 어느 날은 비행기 조종사를 해 볼걸 하고 후회하기도 했으니까요. 또 어떤 날은 운동선수를 할걸, 배우를 할걸, 의사를 해 볼걸….

지금은 내가 꾸고 있는 이 꿈이 전부이고 다른 건 없을 것 같지만, 또 살아가다 보면 여기저기 이곳저곳에 꿈이 있음을 발견할 수 있습니다.

100도까지 끌어올린 나는
꿈이 현실이 되는 그 짜릿한 순간을 마주할 수 있겠지요.
하지만 그렇지 않다고 해서

꿈을 이루지 못하는 건 아닙니다.

90도의 물은 커피를 내리기에 가장 좋습니다.

그 유명한 이연복 셰프의 멘보샤는

60도에서 튀겨야 가장 좋은 맛을 낸다고 하죠.

40도는 신생아에게 분유를 먹이기 가장 좋은 온도입니다.

사람이 면역력을 유지하기에 가장 좋은 온도는 약 20도입니다.

뜨겁게 타오른다 해서 무조건 좋은 것만은 아닙니다.

우리 모두에게 알맞은 각자의 온도가 있습니다.

나를 가장 적당하게 데워 줄, 혹은 식혀 줄

나만의 적정 온도가 있습니다.

포기할까 망설이고 있다면 한번 선택해 볼까요.

마지막 남은 1도를 더 끌어올려 불태울지,

너무 뜨거워 내 꿈에 방해가 되니

조금 식혀볼지를 말이에요.

포기하지 않는 것은 멋있습니다.

내가 정한 길로 당당하게 향하는 나의 모습엔

찬사가 쏟아집니다.

빠른 포기는 오히려 좋습니다.

그 힘을 다른 곳으로 모을 수 있으니까요.

최악은 오래 망설이기만 하는 것입니다.

망설이다 그대로 끝나는 것이 가장 좋지 않습니다.

아직도 망설이고 있나요?

언제부터 망설여 왔나요?

언제까지 망설이려 하나요?

포기할까 망설이고 있는 당신에게 이 책을 전합니다.

Contents

PART 1
나를 무시하는 나에게 속지 않기

PART 2
자꾸만 해내고 있는 나에게

PART 3
당신 덕분에 나아갑니다

PART 4
이런 날 알아주는 이런 날

PART 1

나를 무시하는
나에게
속지 않기

2등이라 행복해 ⟨⟨⟨

지상파 3사를 포함한 크고 작은 방송사의 아나운서 시험에는 매년 수많은 사람들이 몰린다. 지원자가 2천 명을 훌쩍 넘길 때도 있다. 보통 여자 한 명, 남자 한 명씩 선발되지만, 어떤 해에는 여남 구분 없이 단 한 명만 뽑히기도 한다. 수천 명의 지원자들 가운데 1등을 해야 하는 시험인 것이다. 하지만 불행하게도, 나는 그것이 수능 시험이든 쪽지 시험이든 체력 시험이든 '시험'이라는 이름이 붙은 경쟁에서 단 한 번도 1등을 해본 적이 없었다. 사실 근처에 가본 적도 없었다. 그런 내가 2천 명 중 1등을 목표로 해야 하는 시험에 도전하다니 그야말로 모험일 수밖에 없었다.

역시나 최종 입사 시험 성적은 1등이 아닌 2등이었다. 그런데 운이 좋게도 그해에 아나운서를 여남 각각 두 명씩이나 뽑았다. 덕분에 나는 1등은 아니었지만 MBC 아나운서 시험에 합격

할 수 있었고 취직이라는 좁은 관문도 뚫어낼 수 있었다.

'1등만이 필요한 세상이라고 생각했는데,

2등도 이렇게 꿈을 이룰 수 있구나.'

'세상 어딘가에는 2등이 필요한 곳이 분명 있긴 있구나.'

1등보다 2등, 혹은 그 아래가 편하고 행복한 순간이 훨씬 더 많다. 1등은 내가 싸워야 할 대상, 내가 넘어야 할 산이 눈앞에 보이지 않기 때문에 오로지 자신과의 싸움만을 이어가야 한다. 그리고 뒤를 돌아보면 나를 쫓아오는 무수한 주자가 보인다. 항상 쫓기는 위치인 것이다. 그들에게 따라잡히지 않기 위해 자신을 더 채찍질해야 한다. 눈앞에 선명히 보이는 1등만 따라잡으면 되는 2등보다 극심한 스트레스에 시달릴 수밖에 없는 것이다.

1등의 어려운 점은 또 있다. 누군가에게 무언가를 물어보기 어렵다는 것이다. 2등은 그 누구에게 질문해도 창피하지 않고 두렵지가 않다. 하지만 1등은 어떻게 발전해 나가야 할지 오롯이 스스로 물어보고 혼자 길을 찾아야 한다. 참 힘들고 외로운 싸움이다.

자신이 2등 혹은 그 밑을 꾸준히 맴돌고 있다면 너무 1등만을 맹목적으로 좇지 말자. 물론 꾸준히 노력하다 보면 언젠가 탐나는 1등의 자리가 내게 올 수도 있다. 하지만 그 자리에는 아마도 2등으로 쫓아가던 시기보다 더 험난한 자신과의 싸움이 기다리고 있을 것이다.

나는 현재 회사의 핵심 콘텐츠 중 하나를 맡고 있다. 물론 이 일을 한다고 해서 내가 1등이라는 얘기는 결코 아니다. 하지만 놀라운 것은, 중요한 일을 맡게 되면 마냥 신나기만 할 줄 알았는데 그게 아니라는 것이다. 지금의 나는 나 자신과의 싸움을 끊임없이 이어가며 입사 이후 13년 중 어느 때보다 힘겨운 하루하루를 보내고 있다.

'남들과 비교하지 마라. 비교는 오롯이 어제의 나하고만 해야 한다.'라는 멋진 말도 있지만, 어제의 나와 오늘의 나를 비교하는 고통은 생각보다 훨씬 큰 것 같다. 또한 나보다 실력이 뛰어난 선후배들이 워낙 많기 때문에 그들과 견주어도 떨어진다는 평가를 받지 않기 위해 도대체 어디까지인지 모를 노력을 하고 있고, 또 해야 한다. '선배들의 방송을 언젠가 내가 하게 되겠지.'라고 막연히 꿈만 꾸던 시절에 비해서는 확실히 즐길 수 없고 확실히 고통스럽다.

여러모로 이 세상은 2등만으로도 충분하고,
2등으로 사는 것이 속 편하고 행복하다.

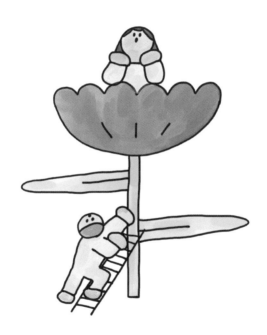

쉴 틈 없이 달려온
날 위해서라도

일을 잘하는 사람에게는 상이 주어진다.
그 상은 특별한 게 아니다.
바로 '또 다른 일' 혹은 '더 많은 일'이다.

그 일, 그러니까 그 상을 받고 다시 인정받으면
또다시 일을 상으로 받는다.
일의 양과 나의 스트레스는
아주 가파른 곡선을 그리며 정비례한다.
일이 내 인생의 전부가 되면
헤어날 수 없는 늪에 빠지게 된다.

'조금이라도 쉬면 누가 내 자리를 차지하지 않을까.'
'일보다 가정을 먼저 챙기면
의욕 없는 사람으로 비치지 않을까.'
'휴가를 낸다고 하면 회사에서 싫어하지 않을까.'
'정시 퇴근하면 눈치 없는 사람으로 찍히지 않을까.'

잠깐 쉬어간다고 내 자리가 없어지지 않는다.
만약 그렇다면
진지하게 내 실력과 행실을 의심해 봐야 한다.

능력 있는 사람일수록 휴식이 더 필요하다.
다양한 경험을 하고 깊은 사색을 해야 한다.
세상을 바라보는 또 다른 관점을 익혀야 한다.
방전된 배터리를 다시 채워 넣어야 한다.
지금은 잠시 멈추는 것일지 몰라도
오히려 더 많은 것들이 채워질 것이다.

능력은 시간과 노력에 정직하게 비례하지 않고,
계단식으로 올라간다.
일정 기간을 조금은 길게 정체기로 보내다
어느 순간 뒤돌아보면 한 계단 올라와 있는 나를
발견하는 것이다.
같은 계단에 머물고 있는 시간 동안
스스로 정체된 것 같고,
도무지 발전이 없는 것 같은 생각이
나 자신을 지배한다.

그 정체기를 극복해 내면
더 높은 단계가 기다리고 있다.
마주하는 계단의 높이가 점점 높아지고,

정체기 또한 이전보다 길어지게 되는 것이다.

나의 길을 굳건히 걸어가기 위해서는
정체기들을 슬기롭고 현명하게 보내야 한다.
그 기간이 일로만 채워지는 사람은
다음 단계에 도달하지 못하거나
훨씬 더 많은 시간이 걸리게 된다.

사랑하는 가족과 여행을 떠나자.
보고 싶었던 친구들은 어떻게 살고 있는지
술 한잔 기울여 보자.
꼭 하고 싶었던 내 취미를 떠올려 보고
바로 실행에 옮겨 보자.
그냥 혼자 아무 계획 없이 드라이브를 떠나 보자.
아무 생각 없이 온종일
좋아하는 드라마를 정주행해 보자.

그리고 시간이 지나면 당당히 돌아가자.
그저 웃으며 "덕분에 잘 쉬다 왔습니다."
한마디만 하면 된다.

미안해하거나 죄책감을 갖지 말자.
새로운 생각과 감각이 채워진 당신은
다시 질주를 시작할 수 있을 것이다.

그러다 또 지치고 힘들면,

다시 쉬어가자.

눈치 보지 말고.

또 채우자.

매 순간에 최선을 다해 매진해 온,

쉴 틈 따위 없이 앞만 보고 달려온

날 위해서라도.

우리는 그저
살아가기만 하면 된다

여느 날과 크게 다를 것 없는 평범한 아침. 출근 준비를 하며 양치를 하는데 얼마 전의 기억이 불쑥 떠올랐다. '아 맞다. 한 달 전에 사랑니를 뽑았지.' 그토록 아프던 부위가 어느새 아물어서 이제는 수술했다는 인식조차 하지 못하고 있었다.

사랑니가 잇몸을 찢고 나와 염증에 자주 시달렸다. 아래쪽 양 끝 어금니의 옆구리를 짓누르며 가로로 누워있는 2개의 사랑니는 그냥 냅다 뽑을 수 있는 성질의 것이 아니었다. 사랑니 근처로 신경이 지나가기 때문에 자칫 잘못해 신경을 건들면 해당 부위에 감각을 잃어버릴 수 있으니 수술을 해야 한다고 했다. 관련 뉴스를 검색해 보니 사랑니를 뽑다 사망 사고가 생기는 경우도 있었다. 두려운 마음에 몇 달을 미루며 고민하다 수술을 결심했고, 잘하는 병원을 수소문한 끝에 사랑니를 뽑았다.

첫날은 마취가 완전히 풀리지 않아 아무렇지도 않았다. '생각보다 쉽네?'라고 생각하며 우습게 여겼다. 둘째 날 서서히 부어오르기 시작했지만 참을 만했다. 이전과 뭐가 달라졌나 싶었다. 극심한 고통은 셋째 날부터 찾아왔다. 부기는 극에 달했고 부어오른 볼은 두 배가 된 것 같았다. 수술로 구멍이 난 잇몸을 통해 밀려오는 고통에 진통제를 연거푸 먹어도 잠을 이루기 힘들었다. 극심한 고통의 나날이 한동안 이어졌다.

이 주일 정도 됐을까, 40년 동안 한곳을 지켜온 녀석이 떠나간 자리가 서서히 익숙해지기 시작했다. 한 달쯤 되니 어느덧 그 자리엔 원래 아무것도 없던 것 같았다. 수술 후의 고통뿐만이 아니라 수술의 기억 자체도 사라졌다. 특별히 아무것도 하지 않고 그냥 살아가기만 했을 뿐인데 죽을 것 같던 고통의 흔적은 온데간데없이 사라졌다.

당장 하루도 살아가지 못할 것 같은 절망이 찾아올 때가 있다. 처음엔 이게 무슨 일인지 실감도 나지 않아 그저 어안이 벙벙할 뿐이다. 다음 날에도 그저 밀려오는 일상을 따라가다 보면 무슨 일이 있었는지도 잘 느끼지 못한다. 그러다 이내 감당 못 할 아픔을 느끼는 순간이 찾아온다.

연인과의 이별이 현실이 되었음을 인지할 때, 사랑하는 부모님이 해 주시는 음식을 더이상 먹지 못하게 됨을 깨달을 때, 취업에 실패하고 완전한 백수가 돼 어디에도 갈 곳이 없음을 확인하게 될 때.

하지만 다시 살아가다 보면 아픔에 서서히 적응하게 된다. 아픔을 내 삶의 일부로 떠안고 밀려오는 일상의 과제들을 하나씩 해내다 보면, 그 아픔이 언제 있었냐는 듯 기억조차 하지 못하는 순간을 만나게 된다.

절망의 날을 마주하지 않는 사람은 없다. 절망이란 놈은 사람에 따라 크기도 천차만별이기에 이겨내는 시간도 각기 다르다.

하지만 망각이라는 큰 선물을 가진 우리는 언젠가 다시 나아갈 수 있다. 그토록 극심했던 고통이 사라지는 날은 반드시 찾아오는 것이다. 한 달 전 뽑아낸 사랑니처럼, 원래 아무것도 없었던 것처럼, 아픔을 자연스레 극복하고 다시 나아갈 수 있는 날 말이다.

아픔이 너무 커 이겨낼 수 없을 것 같은 날.
특별한 해결책은 없다.
하지만 아주 단순한 방법이 하나 있다.

그저 살아가 보는 것, 그것 하나면 이겨낼 수 있다.

우리는 그저 살아가기만 하면 된다.

내가 만들어 낸 어둠 속에서
헤어나지 못할 때

아침부터 빗줄기가 시원하게 쏟아지는 날이 있다. 일어나면 습
관처럼 켜던 블루투스 스피커를 외면하고 대신 창문을 활짝
연다. 그리고 들려오는 소리를 온몸으로 느낀다. 오늘 해야 할
일 따위는 잠시 잊은 채로 빗소리에 빠져든다. 멍하니 창밖만
바라보다 벽시계의 바늘을 보고 아차 싶어 다시 현실로 돌아
온다.

나가기 전 샤워를 하러 화장실에 들어가면 기분이 묘하다. 화
장실은 분명 사방이 막혀있는데 왠지 안에서도 빗소리가 들리
는 거 같다. 혹시나 하고 내 귀를 의심하며 문을 열어보면, 역
시나 빗소리는 밖에서만 들을 수 있다. 착각을 멈추고 샤워기
를 튼다. 그제야 빗소리가 확실히 들리지 않는다.

새로운 일에 뛰어든 직후 한참 동안 악플에 시달렸다. 오래전

부터 그곳에 터를 잡고 있던 사람들은 낯선 외지인인 나를 당연히 반겨주지 않았다. 내가 특별히 큰 실수를 하지 않아도, 그냥 스튜디오에 앉아만 있어도 꼴 보기 싫은 듯했다. 나는 원주민이 오랫동안 지켜온 터전을 빼앗은 외부 침입 세력일 뿐이었다.

참 바보 같았다. 그런 상황 속에서도 방송을 마치면 대중의 반응을 매번 확인했다. 시작한 지 얼마 되지 않은 일을 며칠 잘해내면, 사람들이 금세 나를 좋아해 줄지 모른다고 착각했다. 사람과 사람이 알아가는 절대적인 시간이 분명히 더 필요한데 말이다.

그러다 보니 심각한 문제가 생겼다. 사람들을 마주칠 때마다 그들의 눈빛이 나를 비난하는 눈빛으로 보였던 거다. '너도 날 비난하고 있는 거지.'라며 있지도 않은 악플을 스스로 만들어냈다. 분명 방송을 하지 않은 날이었는데도 나를 향한 사람들의 험한 목소리가 들리는 듯했다. 나를 향한 날 선 목소리가 실제로 들리는지 아닌지 확인하고 또 확인했다. 내가 상상 속에서 만들어낸 그 소리는 정작 찾아보면 찾을 수 없었다.

시간이 꽤 오래 걸렸다. 내가 새로 뛰어든 분야에 있는 분들이 나를 일원으로 받아주기까지 말이다. 참 어려운 첫해를 보냈다. 그다음 해는 조금 나았다. 또 다음 해에는 조금 더 편해졌다. 최근엔 응원하는 반응이 꽤 많아졌다.

제법 늘어난 격려의 댓글을 확인하게 된 이후로는 더이상 나를 향한 시선을 굳이 확인하려 들지 않았다. 사람들을 마주하면 들리던 이명 같은 소리도 들리지 않게 되었다. 그제야 내 일에 온전히 집중할 수 있었다.

견디기 힘든 질타가 이어지면 그 말들에 순순히 끌려갈 때가 있다. 망상과 착각에 사로잡히기도 한다. 들리지 않는 소리가 들리고, 없는 이야기가 있는 것처럼 느껴지고, 그 이야기를 나에게 씌우기도 한다. 없는 암흑을 만들어 그곳으로 향하는 것이다.

너무 힘들 땐 가끔 문을 걸어 잠그는 것도 필요하다. 아무 소리도 들리지 않는 사방이 막힌 곳으로 가 잠시 숨을 고르는 시간을 가져 보는 거다. 대찬 빗소리가 들리지 않는 곳에서 나를 향해 몰아치는 소나기를 잠시 피해 보는 거다. 비 오는 날 들리는 듯 들리지 않는 바깥의 빗소리가 완전히 묻히게 샤워기의 수압도 한번 올려보는 거다.

잠시 비를 피해 회복하며 나에게만 집중해 나아가다 보면, 어떤 소리에도 흔들리지 않을 자신이 생기는 날이 찾아온다. 그때 나와 다시 나아가면 된다. 그래도 늦지 않다. 이제 흔들리지 않을 당신이기에, 만회할 시간은 충분하다.

미워한다는 건
힘이 많이 드는 일이다

발걸음 소리만 들어도 누구인지 안다.
저 멀리 작은 실루엣만 보여도 누구인지 안다.
마주칠 필요도 없다.
달라진 공기의 느낌만으로 그 녀석이 왔는지 알게 된다.

내가 가장 미워하는 사람이다.
죽도록 싫은 녀석.
도무지 좋아할 수가 없는 놈.

미워하는 힘이 너무 세다.
가득 차오른 분노는
오늘도 가장 큰 에너지를 만들어낸다.

누군가를 미워한다는 건
참 힘이 많이 드는 일이다.

못하던 욕도 중얼거리고
안 하던 빈정거림도 섞어준다.
어느덧 마음속은 온갖 배설물로 가득 찬다.

의미 있는 일에 시간을 할애하기보다
미워하고 싫어하는 감정에 더 많은 시간을 쏟는다.
기쁘고 행복한 존재들이 분명 눈앞에 훨씬 더 많은데
강력한 미움에 이내 묻혀버리고 만다.

미움이라는 감정은
순식간에 내 삶을 어둡게 만드는 재주가 있다.
미워하는 마음이 커지면 커질수록
내 얼굴빛은 더더욱 어두워진다.

오히려 잘되길 빌어 주자.
잘돼서
나와는 전혀 상관없는 사람이 되어 버리길 말이다.

그냥 행복을 빌어 주면 된다.
그러다 보면 어느새,
마음이 편해지는 날이 온다.
미움 한 줌 없고 그저 '무'가 되는 날.
녀석에 대해 그 어떤 감정도 들지 않게 되는 날이다.

나의 소중한 에너지를 다른 곳에 모을 수 있다.

그토록 미워하는 놈이 잘됐으면 좋겠다.
나는 더 잘될 거니까.

이런 날일수록
나를 사랑하자

왜 내게는 이런 날들만 찾아올까.
다들 저렇게 잘 지내고만 있는데.

내일이라고 무엇이 다를까.
그저 시간이 흘러 오늘이 내일이 되는 것일 뿐인데.

노력한다고 바뀌는 것이 있을까.
어제의 나와 지금의 내가 크게 다른 것이 없는데.

꿈을 꾼다고 이런 날 바꿀 수 있을까.
희망 고문이었을 뿐, 더 힘들어지기만 했는데.

참 어려운 날들이다.
살아가는 것만으로도 버겁기에
그 무엇도 꿈꿀 수 없는 날들.
우리가 마주하는 대부분의 나날.

나를 조금 더 아껴 주고 다독이며 걸어가 보자.
빠르지 않아도 좋으니.
천천히, 내가 갈 수 있는 만큼만.
한 걸음조차 힘겨운 날은 그냥 쉬어도 좋다.

남들이 나아가는 보폭은 의식하지 않는다.
내가 갈 수 있는 만큼만.
딱 그만큼을 오늘도 내딛는다.

그리고 더이상 버틸 수 없는 이런 날.
이런 날이 오면,
가끔 뒤를 돌아보자.

그리고 확인해보자.
어느덧 헤아릴 수도 없는 거리를
내가 걸어왔다는 것을.
내가 무시했던 내가 해낸 것들이
이렇게 대단하다는 것을.
내가 포기했던 내가 만들어낸 것들이
이렇게 많다는 것을.

그런데 조금 더 자세히 들여다보면,
곧 후회하게 된다.
지나온 곳곳, 내가 내게 준 상처들이 눈에 띌 테니까.

그 상처들은 제법 크기에,
원래의 나를 잃어버리게 할 수도 있으니까.
나를 놓치면 처음에 바랐던 나의 모습이 아닌
다른 사람이 되니까.
내가 꿈꾸던 나의 모습이 사라지면
나아가는 이유도 사라지게 되니까.

그러지 않기 위해서다.

이런 날일수록 이런 날 사랑하자.

의미 있는 실패
골라보기

아침에 일어나서 모닝커피를 한잔하려는데 커피 물 조절에 실패한다. 매일 타는 커피인데 왜 그리 잘 안 되는 건지. 아침 식사용 계란 프라이도 마찬가지. 프라이팬이 타는 걸 싫어하는 성격 탓에 불을 일찍 껐더니 완숙이 아닌 반숙이 돼 버렸다. 또 실패다.

출근 준비 할 때도 끊이지 않는다. 씻고 옷까지 다 입었는데 양치하는 걸 까먹어서 양말을 신은 채로 다시 화장실에 들어가다 에잇, 젖은 바닥을 밟고 만다. 젖어있는 곳을 잘 피한다고 피했는데, 오늘도 양말을 갈아 신어야 한다.

회사로 가는 버스 시간을 착각해 추운 날씨에 발 동동 구르며 10분 넘게 기다려야 하는가 하면 매일 타는 버스 번호도 헷갈린다. 우여곡절 끝에 회사에 도착하면 이런, 사원증을 안 가져

왔다. 하지 않아도 됐을 귀찮은 몇몇 절차를 거쳐 방문 출입증을 끊고 들어간다. 도착하면 바로 써야 하는 아이패드의 충전이 안 되어있는 걸 확인하고 부랴부랴 연결 잭을 꽂는다.

이런 사소한 실패들은 하루에도 수없이 이어진다. 실패는 항상 나를 졸졸 따라다닌다. 실패가 너무 생활에 밀착돼 있어서 아주 그냥 황송하기까지 하다. 인생 전체로 범위를 확장하면 더 심각하다. 그야말로 실패투성이다. 이것도 실패, 저건 대실패. 지난번 그건 이른바 '폭망'.

반면 우리에게 성공과 환희의 순간은 그리 많이 찾아오지 않는다. 짧은 인생을 돌이켜 봐도 짜릿한 기쁨의 순간은 손에 꼽을 정도다.

군 복무를 마치고 건강히 제대하던 날, 아나운서 시험 최종 합격의 순간, 딸이 건강하게 세상에 나왔을 때, 가족이나 친구들과의 여행, 선거 방송이나 올림픽 따위의 대형 이벤트 마지막 날 정도가 그런 날들이다. 돌이켜 세어 보아도 일 년에 한 번 올까 말까 한 순간들이다.

반면에 실패는 내 삶을 총체적으로 지배하고 있다. 매일 발생하는 사소한 실패부터 대학 시험 낙방이나 취업 실패 따위의 인생의 큰 전환점에 이르기까지 이 녀석은 나를 끈질기게 따라 다닌다.

그러면 그 실패에 매번 반응해줘야 하는 건가. 그것들에 일일 이 대응하면 짜증만 내다 화병에 걸려 돌아가실지도 모르겠 다. 잊을 놈은 잊고 가고 데려갈 놈은 꼭 찾아 데려가야 한다. 〈리더의 용기〉라는 책을 보면 '현명한 리더는 자신에 대해 어 떤 의견이 중요한지를 명확히 찾아낸다.'고 했다. 실패에도 이 말을 적용해볼 수 있을 거 같다.

수많은 실패 중에 내게 의미 있는 실패들을 모아 보는 거다. 어 떤 실패가 나를 앞으로 끌고 가는지 잘 골라 보는 거다. 늘 겪 는 사소한 실패 따위는 돌아서면 쿨하게 잊어버리자. 나에 대 해 감정만 앞세운 날 선 비판 따위도 잊어버리자. 내가 잘못 나 아가고 있는 것처럼 느껴지게 만드는 '라떼는 말이야~'로 시작 하는 꼰대의 질책도 한 귀로는 들어 주는 척하고 한 귀로 스무 스하게 흘려 버리는 거다.

대신 잘 분류해보자. 내게 단맛 짠맛 쓴맛까지 같이 줄 놈을. 사실 내게 의미 있는 실패는 내가 가장 잘 알 수 있다. 누가 뭐 라 하지 않아도, 따로 이야기를 듣지 않아도, 이건 내가 정말 실수했구나, 잘못했구나, 바로 와닿는 것들이 있다. 이런 종류의 실패는 하자마자 곧장 스스로 느낄 수 있는 것이 특징이다.

그것이 바로 의미 있는 실패다. 그것이 닥쳤을 때는 그냥 잊고 넘겨 버리기보다 가슴속에 새겨야 한다. 의미 있는 실패가 찾아오면 참 아프다. 내 능력이 모자람을 객관적으로 확인해야 하기 때문이다.

하지만 더 단단해진다. 상처가 나야 더 커질 수 있는 우리의 근육처럼, 아프고 나면 아주 딴딴해진다. 그리고 딴딴해질수록 두려움은 점차 사라진다.

그렇게 실패에 대한 두려움이 사라지는 순간이 오면, 이전에는 상상도 못 했던 크기의 사람으로 우뚝 서 있을 수 있다.

좋은 사람들이
잘되는 세상을 꿈꾼다 ~~~~

언제나 '약약강강'이 되려고 노력한다. 약한 사람에겐 약하지만 강한 사람에게 강한 사람. 하지만 진정한 '약약강강'이 되기란 참 쉽지 않다. 이놈의 세상이, 이놈의 사회생활이 사람을 그렇게 만드는 것일까. '약약강강'보다 '약강강약'이 훨씬 더 많은 세상이다. 강자에게 받은 스트레스를 약자에게 분풀이하는 모습을 참 많이도 본다.

전 직장 시절 모시던 팀장님이 전형적인 '약약강강'형 리더였다. 윗사람과의 관계에서는 따질 일이 생기면 깨질 때 깨지더라도 싸우고 깨졌고, 신입 사원들처럼 직장의 가장 말단에 있는 이들에게는 한없이 따뜻했다. 직속상관인 본부장에게 부하 직원들이 다 보는 앞에서 크게 깨지는 일이 생겨도 우리에게 그 어떤 내리 호통, 내리 화풀이는 없었다. 오직 내리사랑만이 있을 뿐이었다. 그런 성품에 모두가 존경하고 따르는 인자

한 리더였는데, 그런 팀장님이 날 한번 크게 혼낸 적이 있었다.

입사 후 1년 즈음 됐을 때였다. 인사 담당자로서 회사의 인원 현황을 꾸준히 업데이트하는 것은 내 기본적인 업무이자 가장 주요한 업무였다. 하지만 직속상관인 팀장님이 평소 별다른 꾸중도 없고 질책도 하지 않다 보니, 한껏 해이해진 나는 그런 기본적인 업무 몇 개를 게을리하고 있었다.

그러던 어느 날 갑자기, 팀장의 직속상관인 본부장이 다이렉트로 나를 찾았다. 그룹 본부에서 인원 현황에 대한 문의가 왔는데 자료가 급하게 필요했던 모양이었다. 나태하게 처리하고 있던 업무에 호출을 당하자 눈앞이 깜깜했다. 현황에 대한 답변이 바로바로 나오지 않으니 돌아오는 건 역시 시원한 욕 한 다발뿐이었다. 급기야 팀장님까지 불려 와 나란히 서서 한바탕 깨지게 되니 그 죄송함은 이루 말할 수 없었다.

함께 신나게 박살이 나고 나서, 팀장님과 조그만 회의실로 들어갔다. 그리고 팀장님은 평소와는 다르게 불같이 화를 내며, 호통을 치며 말씀하셨다.

"나진 씨! 입사 1년이면 이 정도는 기본으로 알아야 하는 거 아니야? 도대체 그동안 뭘 한 거야? 정신 똑바로 차리고 회사

생활 해!"

워낙 인자하신 팀장님이었기에 충격이 컸다. 회사 일에 흥미도 떨어져 가고 있던 시기였기에 그 꾸지람이 그냥 싫을 뿐, 인생에 보탬이 되는 충고로 여겨지지 않았다. 심지어 '맨날 잘해 주다 왜 저래?'라는 생각마저 들었다. 항상 잘해 주던 사람이 갑자기 그러니 괜스레 더 미웠다.

몇 시간 뒤, 평소 잘 따르던 선배가 내 어깨를 툭툭 쳤다. 같이 담배 한 대 피우자기에 답답한 마음도 풀 겸 야외 휴게실로 향했다.
"허 팀장님하고 같이 깨졌다면서? 허허허. 팀장님 엄청 열 받았더라."
"아… 네. 저 때문에… 저한테 화 많이 나셨죠…."
"아니. 너 때문이 아니고 본부장 때문에 열 받았지. 우리 애를 왜 지가 직접 불러 혼내느냐고 썽이 아주 단단히 나셨어. 자기를 불러 얘기하면 되는 걸 왜 막내를 부르냐고. 그리고 너한테 화내고 나니 미안해 죽겠다 하시더라. 안 하던 짓 하니까 괜히 마음도 아프시다 하고. 너한테 미안해서 말도 못 붙이겠대."

그리곤 한마디를 더 이어간 선배.

"야. 나진아. 팀장님은 네가 자기가 아닌 다른 사람에게 혼나는 게 보기 싫었던 거야. 내 새끼 혼을 내도 내가 혼내지 엄한 데 가서 얻어맞고 오면 얼마나 속이 상하시겠냐. 그래서 더 화를 내신 거고…."

선배의 말이 다 끝나지 않아도 알 것 같았다. 왜 그리 내게 잘하지도 못하는 꾸지람을 늘어놓으신 건지. 치지도 못하는 호통, 하지도 못하는 매서운 눈을 왜 하셨는지 말이다. 잘해 주기만 하는 사람과 함께 있으니 세상 편히 내 일을 소홀히 했던 나. 약해 보이니 강하게 접근했던 비굴한 나였다. 사실 그것은 약한 게 아니라 부드럽고 유연한 강함이었는데 말이다.

이런 나에겐 화내셔도 괜찮은데… 그것마저 미안해하신 팀장님, 이런 날 감싸주신 팀장님. 이런 사람을 모실 수 있었다는 것만으로도 행운이었다.

작년 12월, 기사를 통해 오랜만에 팀장님의 소식을 접했다. 임원 인사에 당당히 이름을 올린 모습을 보게 됐는데, 다음 날 팀장님께 카톡이 날아왔다.

「나진아, 잘 지내니? 애는 잘 크고 있지? 그룹 임원 인사가 있었다. 드디어 별을 달았다. 기사 한번 봐.」

그동안 그토록 말하고 싶었지만 쑥스러워 차마 하지 못했던 진심을 한 글자 한 글자 꾹꾹 텍스트에 눌러 담아 답장을 보냈다.

「팀장님 덕분에 좋은 리더가 뭔지 배웠어요. 그리고 두 눈으로 어제 팀장님의 이름을 확인하니, 그게 틀리지 않은 것임을 확인해서 정말 기뻤습니다. 진심으로 축하드려요. 앞으로 팀장님, 아니 상무님의 리더십이 더 빛나길 바라봅니다.」

항상 미운 놈들이 잘되는 세상이지만, 이제는 쫌! 이렇게 좋은 사람들이 잘 됐으면 좋겠다. 이런 나마저 아껴주신 팀장님처럼.

인생에서 가장 화려한 순간은
바로 지금이다

학창 시절, 서른을 넘긴 형들은 그냥 아저씨였다. 구질구질한
행색은 물론이고 얼굴에는 삶의 흔적이 역력히 느껴졌다. 그
저 완벽한 아저씨의 형태였다. 물론 요즘엔 젊게 사는 아저씨
들도 많지만 당시엔 그랬다.

그런데 내가 어느덧 마흔을 넘겼다. 마흔 살은 보이지 않는 존
재였다. 코앞에 있어도 인식조차 되지 않는 화분 같은 존재였
다. '설마 내게도 저런 날이 오게 될까?', '저렇게 나이를 많이
먹는 날이 오기는 올까?'라는 생각도 덤으로 가졌다.

하지만 놀랍게도, 내가 이 나이에 도달하니 전에 생각했던 것
만큼 이 나이가 그렇게 많지 않게 느껴진다. 오히려 할 수 있는
게 더 많고 하고 싶은 것도 점점 더 많아지는 것 같다. 물론 예
전 시대의 마흔과 지금의 마흔은 엄연히 다르다. 생활 수준이

높아지면서 젊은 삶을 추구하다 보니 이제는 지금 나이에 0.8을 곱해야 진짜 나이라는 이야기도 있으니까 말이다.

올해 우리 나이로 쉰세 살이 된 선배와 점심을 함께할 때였다. 식사가 끝나갈 무렵 선배는 폭탄선언을 했다. 다음 주까지만 출근하고 1년 동안 휴직을 한다는 것이었다. 그러면서 한마디를 덧붙였다.

"나는 가장 화려한 시기인 지금 잠시 쉬어가는 걸 선택했어. 여러 부서를 책임지고 있고 앞으로 이 회사에서 더 높은 자리까지 바라볼 수 있는데도, 그보다 멈추는 것이 더 중요하게 느껴졌거든. 가장 할 수 있는 게 많을 때 멈춤으로써 무엇을 얻을지 궁금하기도 하고 말이야."

순간 머릿속이 혼란스러워졌다. 그동안 나는 마흔한 살, 내 지금 나이가 화려함의 마지막 시기라고 생각했다. 더 나이 들면 그 무엇도 하기 힘들 것이라 생각했다.

하지만 나와 띠동갑인, 12살 위의 선배가 쉰셋의 나이를 가장 화려한 시기라고 표현하는데 적잖이 놀랐다. 그 나이면 인생은 저물어가며, 조직에서는 서서히 은퇴 수순을 밟는다고만 생각했는데 가장 할 수 있는 게 많은 나이라니. 충격적이었다.

돌아보니 20대에는 그때가 가장 좋은 시절이라는 걸 몰랐다. 물론 그걸 그 나이에 아는 사람이 있다면 무엇을 하든 성공했을 거다. 30대를 보내며 그때가 내 인생의 절정이라 느끼기 시작했고, 30대가 떠나가던 해에는 20대가 끝나던 시절보다 더 격하게 아쉬워했다. 그리고 그 아쉬움과는 또 다르게 지금 40대엔 오히려 내 커리어의 클라이맥스가 지금이라는 생각을 하며 살아가고 있다.

예순 살에 외국어 공부를 시작하지 않은 것을 가장 후회한다는 칠순 어르신의 인터뷰를 본 적이 있었다. 그때가 되어도 내가 지금 생각하는 것처럼 그 나이가 많지 않게 느껴지고, 여전히 할 수 있는 게 더 많다고 생각하게 될지 궁금하다. 어찌 됐든 분명한 것은 오늘의 내가 내 인생에서 가장 젊고 어리며, 남은 시간이 가장 많다는 사실이다.

나에게 가장 화려한 순간은 지금이다. 지나간 세월만을 그리워하며 내 인생 절정의 시기를 즐기지 못하는 것은 인생 최대의 실수를 범하는 일이다. 내게 주어진 현재, 내 삶의 클라이맥스를 내내 즐겨보자. 인생 최고의 순간들을 말이다.

싫어하던 옷이
내게 꼭 맞아떨어지게 되는 날

하고 싶지 않았던 일이
갑자기 나를 찾아오는 날이 있다.
이런 날은 그저 현실을 부정하는데 많은 시간을 보낸다.

'설마 이걸 내가 진짜 하게 되진 않을 거야.'
'아니야. 이건 내가 하고 싶던 게 아니야. 안 하면 되지 뭐.'

벗어나려 아무리 용을 써도
벗어날 수 없는 이런 날은 생각보다 자주 찾아온다.
어쩔 수 없는 이런 날이 찾아왔을 때는
너무 괴로워하지 말자.
너무 고민하지 말자.
그냥 한번 흐름에 몸을 맡겨보자.
내가 모르던 나의 숨겨진 재능을 찾을 수 있다.
그동안 몰랐던 내 모습도 발견할 수 있다.

하다 도저히 안 되면
다시 돌아가 새 길을 찾아보면 된다.
조금 가다 아닌 것 같을 때는
주변에 길을 물어보며 가면 된다.

오랫동안 해 온 일을 못 하게 되고
하고 싶지 않던 일을 갑작스레 떠맡은 적이 있었다.
이 길이 맞는지 도무지 판단이 서지 않아
가까운 선배에게 물었다.

"선배 제게 이 일이 정말 맞을까요?
도무지 확신이 들지 않는데요…."

한참을 고민하던 선배는 이런 이야기를 들려줬다.

"우리가 널 선택한 건
네가 이 일에 적임자라는 생각이 들었기 때문이야."
"지금까지는 네가 좋아하는 옷들만 골라서 입어봤다면,
남들이 잘 어울린다 하는 옷도 한번 입어볼 필요가 있어.
지금 당장은 어색하고 불편해도
시간이 지나서 돌아보면
네게 꼭 맞는 옷이 될 수도 있거든."

선배의 말대로 주변의 조언을 들으며
새로운 일에 매진해 봤다.

하루하루 그저 싫은 날들이 이어졌지만
어느덧 익숙해졌고,
생각보다 빨리 내가 이 일을
잘 해내고 있다는 생각이 드는 날이 찾아왔다.

이전의 일로 다시 돌아가고 싶지 않을 만큼 편해지고,
아니라고만 생각했던 것이 생각보다
내게 잘 어울리는 옷이었다는 걸 확인하는 날이 있다.
맞춤옷처럼 어느덧 내게 꼭 맞아떨어지게 된
그 옷을 입고 더 힘차게 나아갈 수 있는 날 말이다.

과도한 긴장을 털어 내주는
사소함들

출근 준비를 하는데 시간이 얼마 없었다. 급하게 샤워기를 틀고 머리를 감기 시작했다. 샴푸 통을 펌핑해 바로 머리로 가져 갔다. 그런데 느낌이 이상했다. '어? 이게 뭐지?' 아뿔싸. 샴푸가 아니라 바디워시로 열심히 머리를 비벼대고 있었다. 살짝 짜증이 난 채로 다시 서두르며 한 번 더 빨간 통에 담긴 샴푸를 짜냈다. 시간에 쫓기듯 머리를 감아보는데 또 뭔가 이상하다. '어라? 이건 또 뭐지?' 이번엔 샴푸가 아닌 린스를 바르고 있었다.

첫 실수엔 짜증만 났었는데 이번엔 웃음이 터져 나왔다. '나 원 참…. 머리 감는 것 하나도 내 맘대로 안 되네.' 하던 순간, 조급한 마음이 사라졌다. 지각하면 안 된다는 약간의 강박도 휙 하고 떠나갔다. 거듭된 어이없는 작은 실수에 그저 해탈한 웃음이 나오며 묘하게 기분이 좋아졌다.

2007년 MBC 〈100분 토론〉 시민 논객 생활을 할 때였다. 시민 논객은 생방송 서너 시간 전에 모여 그날의 주제에 대한 치열한 토론을 벌인다. 토론을 통해 출연자들에게 던질 촌철살인의 질문을 만들어 내고, 생방송 중 시민을 대표해 날카로운 질문을 던지는 역할을 한다.

방송 중 시민 논객 질문 차례가 되면 시민 논객은 질문하겠다는 의사표시로 노란색의 동그란 물음표 팻말을 든다. 그걸 당시 손석희 아나운서가 확인하면 발언권을 주고 질문을 하는 식으로 진행됐다.

난생처음 하는 생방송 첫 질문을 앞두고 내 머릿속은 이미 우렁잇속이었다. 너무 긴장돼서 입도 바싹바싹 말랐다. 토론이 어떻게 흘러가는지는 들어오지도 않았고, 그 짧은 질문을 외우고 또 외우기만을 반복했다. 정해진 시간이 오자 나는 노란색 물음표를 들고서 차례를 기다렸고, 손석희 아나운서가 나를 지목해 질문의 기회를 줬다.

머릿속으로 수십 번도 더 되풀이해 연습했던 그 질문을 던졌다. "저는 심상정 의원께 질문 드리고 싶습니다. 한미 FTA에 대해…" 여기까지 했는데 손석희 아나운서가 내 말을 끊고 훅 들어왔다.

"아, 팻말은 내리셔도 됩니다. 아까부터 들고 계시던데 팔 아프실까 봐서요."

순간 삭막했던 토론장에 폭소가 터졌다. 대개 발언권을 얻으면 들고 있던 팻말을 내리고 질문하는데, 내가 너무 긴장한 나머지 왼손의 팻말을 내리지 않고 높이 든 채 오른손으로 마이크를 잡고 질문하는 우스꽝스러운 모습이 연출됐기 때문이었다.

나도 덩달아 웃음이 나왔다. 그 웃음의 효과는 컸다. 어이없는 작은 실수를 하고 나니 나를 짓누르던 긴장감이 거짓말처럼 사르르 녹아내렸다. 마음의 안정을 되찾고 입이 살짝 풀린 나는 준비한 질문을 성공적으로 던질 수 있었고, 시민 논객 순서는 특별한 문제 없이 잘 끝났다.

이런 순간은 제법 많이 찾아온다. 과도한 긴장으로 그 무엇도 제대로 해내기 힘들고, 시간에 쫓겨 조급함만 앞서 되는 일 없이 스트레스를 받을 때, 모든 일을 완벽히 잘 해내야 한다는 강박을 느낄 때.

이럴 땐 아주 작은 것이 전환점이 될 수 있다. 물론 없는 실수를 일부러 만들어 할 수는 없겠지만 사소한 실수가 나온다든가, 혹은 약간의 기분 전환, 사랑하는 사람과의 대화 같은 유쾌한 일로 그 순간에서 잠시나마 빠져나올 수 있다. 한 걸음 떨어져서 내게 닥친 그 시급하다 생각되는 일들을 바라보면, 내가 생각한 것만큼 다급하지도, 나에게 괴로움을 줄 만큼 중대하지도 않다는 걸 깨달을 수 있다. 잠시나마 삶의 무게를 훌훌 털어낼 수 있는 유쾌한 순간을 맞이할 수 있다.

지금 내 머릿속이
무언가로 가득 들어차 폭발 직전이라면.
그것 때문에 그 무엇도 할 수 없을 지경이라면.
한 발 떨어져서, 멀리서 바라보자.
그리고 유쾌하게 전환의 계기를 한번 만들어 보자.

밥이라도 편하게 먹읍시다

오랜만에 친한 직장 동료들과 모인 자리에서 혼술, 혼밥에 대한 이야기가 오고 갔다. 한 후배가 먼저 말했다. "저는 지난주 월요일부터 금요일까지 5일 내내 혼밥 했어요. 크크." 그 이야기를 듣고 나도 지난주 점심을 어떻게 했는지 따져 보았다. 나역시 5일 내내 혼밥이었다. "나도야. 흐흐. 나는 심지어 5일을 똑같이 구내식당에서 먹었어."

혼밥 고수에 대한 설전도 이어졌다. '혼밥, 어디까지 해봤니?'라는 프로그램이라도 진행하듯 혼밥, 혼술의 종류와 난이도에 관한 이야기, 직접 체험해본 생생한 경험담들이 우수수 쏟아져 나왔다. 나도 자랑스레 지난 경험에 대해 말했다.

"저는 작년에 대구 출장 갔을 때 참치에 소주를 혼자 먹은 적이 있었어요. 그것도 심지어 음식점 한가운데에 있는 자리에서요. 처음엔 남들의 시선이 의식되긴 했는데 조금 취기가 도니

아주 편해지면서 자유로워졌어요. 그렇게 좋을 수가 없더라고
요. 혼밥, 혼술은 진리예요."

한 선배도 말을 이어갔다.

"여러 사람 모여 먹으면 밥을 제대로 먹는지도 모르겠고, 그냥
시끌벅적하게 떠들다 가서 남는 게 없는 거 같아요. 뭐 여러모
로 불편하기도 하고요."

이런저런 이야기 끝에 결국 우리의 이야기는 이것으로 귀결되
었다.

"그래, 밥이라도 편하게 먹어야지."

사실 혼밥을 처음 시작할 때는 꽤나 어려웠다. 남들의 시선은
물론이고, 뭐든 혼자 한다고 할 때 느껴지는 외로움, 고독함 따
위 때문일 거다. 하지만 그것만 극복하고 나면 이만큼 편하고
좋은 일이 없다.

워낙 식탐이 많은 나이기에 음식 자체에 집중해 그 맛을 모든
감각으로 느낄 수 있어서 좋다. 메뉴 선택에서도 내 원초적인
본능에 충실해 가며 남의 눈치 안 보고 내가 먹고 싶은 음식을
고를 수 있다. 다른 누군가와 함께 먹는 점심보다 시간도 훨씬
많이 남으니, 그 시간에 내가 하고 싶은 것들을 마음껏 할 수

있는 여유도 생긴다. 온전히 나를 위한 시간이라는 생각이 든다.

수많은 장점 중에 으뜸은 마음의 안식이다. 조금 외로울지라도 남에게 휘둘리지 않고 내가 선택하고 나의 그 결정을 즐기며 쉬어가는 것. 바쁜 직장생활, 해도 해도 끝이 없는 가사 노동, 쉴 틈 없는 학업에서 잠시라도 나만의 시간을 온전히 가질 수 있다는 것은 큰 해방구이기도 하다. 그런 탈출구가 없다면 사람은 소모될 뿐, 그 무엇도 채울 수 없게 된다.

특히나 다수의 사람 속에서 나보다는 남을 배려하느라 내가 진정으로 하고 싶은 일을 못 하며 살아가는 사람들에게 혼밥, 혼술의 가치는 더 크다. 사람을 대하는 일에 피로가 누적된 사람들에게도 마찬가지다. 일상 대부분을 상대가 정한 선택에 의해 이끌려 가기만 했다면 오늘 당장 혼술, 혼밥을 추천한다.

물론 너무 심하면 조금 소외된 삶을 살 수는 있겠다. 하지만 혼밥 프로로서, 프로 혼술러로서 단언컨대, 내가 사람들 사이의 유대를 그다지 즐기는 편이 아니라면, 지금 당장 혼밥, 혼술 하자. 그로써 얻어지는 것이 굳이 사람들과 쌓는 관계보다 득이 될 수 있다.

'사람은 나만의 동굴에 들어가서 혼자 쉴 시간이 필요하다.'라는 이야기를 하곤 한다. 혼자 쉬고, 충전하고, 생각할 시간이 누구에게나 필요하다.

오늘 한번 밥이라도 편하게 먹어 보자. 우리의 하루가 달라질 거다.

더 싫어하는 일을
안 하는 방법   *lll*

뭐든 하기 싫고, 귀찮음이 극에 달해 아무것도 할 수 없을 때가 있다. 사실 하루에도 수십 번씩 이런 상황과 마주하는 것이 우리의 삶이다. 세상에서 제일 하기 싫은 일이라는 건 따로 있는 게 아니다. 지금 바로 눈앞에 닥친 일이 가장 하기 싫은 일이다.

내 앞으로 몰려온 일이 하기 싫어 견딜 수 없다면 이걸 한번 떠올려 보자. 싫고 귀찮다는 핑계로 이 일을 안 하면 발생할 연쇄작용에 대해 생각해 보는 거다.

하다못해 쓰레기 버리는 일, 남은 음식물을 처리하는 일 같은 사소한 일을 생각해 보자. 쌓여있는 음식물 쓰레기를 오늘 내다 버리지 않으면 며칠 뒤 대참사가 일어날 거다. 코를 찌르며 퍼지는 불쾌한 냄새는 물론이고, 상상만 해도 소름 끼치는 하얀색, 검은색 벌레 친구들을 마주하며 생명의 신비 또한 새삼 깨닫게 될 거다.

당장 학교에 가기 싫다고 수업을 빼먹으면 그걸 만회하기 위해 언젠가 더 많은 노력을 기울여야 할 것이고, 직장에서 바로 처리해야 하는 업무를 미뤄두면 관계부서의 독촉 전화나 잔뜩 심술이 난 상사의 얼굴을 마주해야 할 거다.

직장인이라면 시원하게 회사를 때려치우는 일을 하루에도 수십 번 생각하게 된다. 생각만 해도 짜릿하다. 그동안 날 괴롭혀 온 사람들에게 제대로 한 방 먹일 생각을 하면 얼굴이 자연스레 펴진다. 그 순간을 상상만 해도 며칠 묵은 스트레스가 날아가는 거 같다. 며칠은 후련할 수 있다. 하지만 다시 새 직장을 구해야 하는 시간과 노력을 생각해 보면 상상은 그저 상상에 그치는 것이 행복하다는 걸 깨닫는다.

내가 지금 이것을 하고 있음으로써 얼마나 많은 귀찮음을 막아내고 있는지를 떠올려 보자. 지금 이것도 하기 싫지만, 만약 이걸 하지 않는다면 이보다 더 싫고, 더 귀찮은 일을 해야 하는 순간이 언젠가 오게 된다.

눈 딱 감고 빨리 처리해 보자. 그것이 더 큰 귀찮음과 더 큰 어려움을 사전에 막는 유일한 방법이다.

인생은 뭐 이런 거겠지   𝓵𝓵𝓵

제주 보름 살기를 할 때,
매일 아침 거센 바람 소리와 함께 잠에서 깼다.
서울 집 같으면 무슨 일이 있는 게 아닌가 하고
창밖을 먼저 보겠지만
그곳에서는 그냥 알람 소리였다.

사실 딸아이가 옆에서 코 고는 소리가
더 무섭게 느껴졌다.

제주에는 주로 여름이나 겨울에 내려가서 그런지
처음 맞이한 제주의 가을바람이 참 특이하게 느껴졌다.
강한 힘이 먼저 보이는데 부드러움이 숨어있다.
한쪽으로 불지 않고 불규칙한데
크게 보면 방향성이 있다.

바람이 닿지 않는 실내에서 바라보면
그 속에 들어갈 엄두가 안 나는데
막상 들어가면 순풍이다.
매섭고 차가운 공기처럼 보이지만 의외로 시원하다.

묶여있는 오징어 배와
서핑하는 청년들의 상반된 풍경이 함께
스쳐가듯 떠올랐다.
제주의 가을바람이 만들어준 모순된 장면.

누군가에겐 두려움, 걸림돌, 강제 휴식을,
또 다른 이에겐 자신감, 절호의 기회,
도전의 날을 선물해 주는.

뭐 사실 모든 순간이 제주의 가을바람 같다.

휴식 같지만 육아 같기도 하고
육아는 또 아닌 것이 좋아하는 글도 쓸 수 있고,
근데 또 그게 아닌 게 딸아이 발에 깔려
몰래 숨죽여 쓰니 처량하고,
그래도 하루 한 끼를 무조건 사 먹으니
그건 또 그만큼 집안일 안 하고 쉬는 것이고.

앞으로도 뭐 인생은 뭐 그냥 이런 거겠지.

PART 2

자꾸만
해내고 있는
나에게

내가 아닌 나로
나를 포장하지 말자 ₍₎₍₎₍₎

처음 방송국에 입사해서 가장 놀란 것은 다름 아닌 사람 때문이었다. 바로 1년 위 선배들의 모습을 보고 나는 굉장히 혼란스러웠다. 어떻게 저렇게 모든 사람에게 살갑고 정겹게 대할 수 있을까 싶을 정도로 어마어마한 친화력을 보여 주고 있었다. 고참 선배들은 하나같이 내 1년 선배들을 좋아했고, 신입 사원의 표본은 바로 저런 것이라고 알려 주는 것 같았다.

그에 비해 나는 사교성이 현격하게 떨어지고, 뭐든 쭈뼛쭈뼛하고 자신감 없는 사람이었다. 그런 나의 바로 위 선배들이 '조직에서 바람직하다는 이상적인 모습'을 보여 주다 보니 큰 압박을 느꼈다.

나는 전혀 외향적인 사람이 아니었지만, 선배들이 좋아하는 1년 선배들처럼 외향적인 사람인 양 행동해야 했다. 사람들과의 만남이 너무 많으면 버거워하던 나였지만, 오히려 그걸 좋아하는 것처럼 움직여야 했다. 내 본연의 성질을 외면한 채 1년 선배들의 모습이 무조건 옳다고 여겨 그들을 흉내 내기 바빴다.

사람이 진짜 내 모습을 좇지 않으면 결국 탈이 나기 마련이다. 해를 거듭할수록 나는 지쳐갔고, 스트레스가 걷잡을 수 없이 쌓여가고 있었다. 혼자 있는 걸 좋아하는 내게 사회생활은 참 힘들었고 그 흔한 점심 약속, 저녁 약속들은 업무 외에도 넘어야 하는 또 하나의 산이었다.

힘들어서 더이상 버틸 수가 없었다. 선택의 여지가 없었다. 나는 본연의 내 모습으로 돌아가는 걸 택했고 예상대로 그 길은 순탄치 않았다.

시간이 조금 흐르자 사람들은 내가 변하고 있다 했다. 소위 짬밥을 조금 먹더니 해이해졌다는 것이다. 입사 후 진짜 내 모습이 아닌 다른 사람처럼 행동했으니 당연히 나는 변질된 사람으로 보일 수밖에 없었다. 처음 보여준 모습이 외향적이고 활동적이며 뭐든 적극적으로 달려드는 모습이었기에, 바뀌어 가는 내 모습은 결국 조직에 나태한 사람으로 비칠 수밖에 없었다. 나는 결코 내 일을 소홀히 한 적이 없었다. 그저 본디 내 모습으로 돌아가고 있을 뿐이었다.

시간이 조금 더 많이 흐르자 사람들은 바뀐 모습이라고 생각했던 나의 모습이 원래 내 모습이라는 걸 알아채기 시작했다. 그동안 되지도 않는 다른 사람의 성격을 따라 했다는 것을 말이다. 내가 힘겨워했고, 버거워했으며 꽤 많이 애썼다는 걸 알게 되었다. 자연스레 회사에서도 속칭 짬밥이 쌓이면서 굳이 애쓰지 않아도 되는 순간들이 더 늘어났다. 내 모습을 애써가며 바꿀 필요가 없어졌다.

어디선가 내 모습이 아닌 나의 모습으로 어필하고 있다면 하루라도 빨리 본연의 나로 돌아오는 길을 택하는 게 좋다. 늦으면 늦을수록, 내가 원래는 이런 사람이었다고 보여 주기까지 시간은 더 많이 걸리게 된다. 아예 본연의 나로 돌아가지 못할 수도 있다.

업무든 학업이든, 부부생활이든 육아든 다 똑같다. 다른 사람이 하는 방식으로 무언가를 추진하면 처음엔 어느 정도 일정 수준까지는 나아갈 수 있다. 하지만 궁극적으로 훨씬 더 높은 자아실현에 다가가기는 힘들어진다. 또한 맞지 않는 모습에 억지로 내 몸과 마음을 맞추는 것에 시간이 갈수록 지쳐간다.

나만의 방식으로 나아가자. 나 자신을 들여다보고 내가 어떤 사람인지 확인하며 나아가자. 멀리 보면 볼수록 오히려 그것이 더 빠르고 정확한 길이라는 걸 확인하게 될 거다. 내가 아닌 나로 나를 포장하지 말자. 너무 애쓰지 말자.

나의 길을 온전히 내가
선택할 수 있는 날

내가 아닌 어떤 대상에 무언가를 바라기 시작하면 삶이 참 힘들어진다. 내가 기대하는 대상이 회사든 학교든 가족이든 그 무엇이 됐든, 그들은 내가 기대한 만큼을 절대 주지 않기 때문이다.

사람들은 대개 내가 무엇을 얼마만큼 바라는지 구체적으로 말하기 어려워한다.

"팀장님, 저는 제 능력에 비해 연봉이 너무 적다고 생각해요. 올려주셔야겠어요."

"교수님, 저는 당연히 A+라고 생각했는데 왜 B밖에 안 주신 거죠?"

이렇게 속 시원하게 말하고 싶어도 차마 입이 떨어지지 않는 나 같은 범인들은 대체로 뒤에서 수군거리거나, 가까운 사람과 뒷담화를 나누는 일로 아쉬움을 풀어내곤 한다.

내가 원하는 걸 솔직하게 구체적으로 말하기 어렵다 보니, 상대가 내 기대치를 알 수 없는 것 또한 당연하다. 개그맨 조세호 씨의 "모르는데 어떻게 가요?"라는 말이 대유행했던 적이 있지 않았던가. 상대는 나로부터 무엇을 얼마큼 바라는지 자세히 들은 적이 없으니 얼마나 줘야 할지 모를 수밖에 없다.

작년에 나는 회사로부터 내 기대의 정확히 10분의 1만을 받았다. 고작 10%였다. 나는 누구보다 열심히 일했으니 당연히 100은 주겠지 하고 있었는데 겨우 10이 들어온 거다. 여기서 받았다는 기준은 내가 노동을 제공하고 받은 모든 대가의 관점에서다. 금전, 휴가, 복지, 기대, 일을 통한 만족감 등의 총합 말이다.

처음엔 너무 어이가 없어 어안이 벙벙할 뿐이었다. 하지만 시간이 지날수록 다행스럽다는 생각이 들었다. 그 10%로 인해 나는 드디어 회사로부터 해방될 수 있었던 거다. 만약 너무 많지도 않고 너무 적지도 않게 애매하게 받았더라면 회사에 고마움을 느꼈을 수도 있다. 회사에 무언가를 바란다는 일이 얼마나 위험한 일인지 영영 깨닫지 못했을지도 모른다.

이런 생각을 한번 해 보자.

'만약 내가 바라고 기대하는 그 대상이 사라진다면?'

'회사가 망한다거나, 내가 소위 줄서기를 했던 상사가 다른 곳으로 떠난다면?'

'학교에서 믿었던 교수님이 퇴직을 하시거나 족보를 주던 친구가 보이지 않는다면?'

이렇게 되면 비극이 따로 없는 거다. 내가 아닌 특정 상대에게 무언가 바라는 행위가 얼마나 위험한지 알 수 있다.

내가 지금 의지하고 있는 대상이 언제든 사라질 수 있다는 사실을 잊지 말아야 한다. 누구에게든 무엇에든 바라지 말고 기대하지 말고 요구하지 말자. 그저 온전히 나에게 집중해야 한다. 내가 기대하는 대상은 오로지 나 한 사람만 존재해야 한다.

조금 가혹하게 들릴지도 모르겠다. 하지만, 결국 나를 지킬 수 있는 방법이다. 내 중심을 더 낮게 유지해 흔들리지 않을 수 있다. 삐걱대지 않을 수 있다. 주변 상황이 바뀐다 해도, 곁을 지키던 누군가가 떠나간다 해도, 나는 묵묵히 앞으로 나아갈 수 있다. 내가 가는 길목의 모든 선택을 오롯이 내가 할 수 있게 되는 날이 오게 되는 것이다.

오늘의 빨래처럼

계속된 초과 근무에 시달린 후 모처럼 찾아온 휴일. 격렬하게 아무 생각 없고 싶지만 그냥 누워 있어도, TV를 틀어도 이런저런 생각들이 계속 떠오른다. 회사 생각, 싫은 놈 생각, 어제 내가 한 말, 건너 들은 말 등 꼬리에 꼬리를 물고 생각이란 놈이 찾아온다.

머릿속을 비우는 가장 좋은 방법은 단순 노동. 그중에서도 빨래는 으뜸이다. 설거지는 너무 금방 끝나고 청소는 해도 해도 끝이 없다. 빨래는 적당한 시간과 지루하지 않은 노동, 달성 가능한 목표를 부여해준다.

무언가 실패했다는 좌절감이 드는 날, 내가 그야말로 '무쓸모'라고 생각되는 날이 있다. 하는 일마다 잘 안 풀리고 아무런 성과가 없다고 생각되는 날이다. 결과물을 바로 만들어 내고 싶지만 너무 멀리 있는 것 같다.

무언가 해냈다는 눈에 보이는 성취감을 느낄 수 있는 최고의 방법은 역시 Laundry. 설거지는 해 봤자 아무것도 보이지 않는다. 청소는 보이지 않을수록 좋은 것이기에 아무리 열심히 해도 아무것도 보이지 않는다. 하지만 빨래는 다르다. 결과물을 만천하에 보여줄 수 있다.

차곡차곡 접어 쌓아놓은 아내의 니트와 후드, 티셔츠들을 눈에 잘 띄도록 거실 소파 위에 올려놓은 뒤 '여보 내가 빨래 다 해놓았으니 가져가기만 하면 돼. (칭찬해줘.)' 라고 속으로만 말한다.

뭐 이미 기분이 벌써 좋아졌으니까. 나는 쓸모 있는 사람이니까. 우리 가족이 일주일 입을 옷가지를 정리하는 성과를 낸 고성과자니까.

이런 일이 한두 개는 아닐 것이다. 우리가 눈치채지 못해서 그렇지 우리는 이미 꾸준히 성과를 내고 있다. 아니, 눈치채지 못한 게 아니라 이미 알면서도 자신의 성과들을 외면하고 있었을 뿐이다. 그러는 동안 우리 인생의 경험치는 꽤 많이 쌓여왔다.

그러니 곧 오게 된다. 하루하루 차곡차곡 쌓인 하루가 모여 한 단계의 클래스가 올라가는 그 순간이. 혹여 그동안 한 게 아무 것도 없노라고 나 자신을 의심하고 있다면 오늘을 한번 돌아 보자.

과중한 업무에 시달리면서도 일터에서 하루를 버텨 낸 것, 부모님께 손 벌리지 않기 위해 시작한 아르바이트 시간을 잘 채워 낸 것, 오늘 저녁 가족들이 먹을 한 끼 식사를 준비 해 낸 것, 내일을 위해 자는 시간을 반납하며 공부에 매진한 것. 모두 당신이 해내고 있는 것들이다.

칭찬해 주자.
나를.
나의 결과물들을.
오늘의 빨래처럼

이런 날 하루쯤은
마음껏 우쭐대 보자

출근하자마자 국장이 활짝 웃으며 한마디 한다.

"어제 방송 참 좋더라."
"이제 완전히 물이 올랐던데? 진짜 잘하더라."

부끄러워진 나는 어쩔 줄 몰라 하며 대답한다.

"아니에요. 아니에요.
같이 진행하는 분이 워낙 잘하셔서 그래요."
"저는 아직 멀었어요. 운이 좋았어요."

도망치듯 자리를 빠져나와 생각한다.
그냥 겉치레 인사일 뿐이라고,
그저 할 말 없으니 던지는 립서비스일 뿐이라고.
오히려 부정적인 상상의 나래를 펼친다.

'어제 무슨 문제 있었나….
왜 하지도 않던 말씀을 하시지….'

쓸데없이 담당 PD에게 연락해서 확인한다.
어제의 방송에 사고라도 있었던 것이 아닌지.
나를 향한 칭찬을 애써 외면하며
다시 가혹한 기준을 들이민다.

'아니야. 나는 아직도 많이 부족해.
더 열심히 해야 해.'

나를 향해 쏟아지는 칭찬에 몸 둘 바를 모를 때가 있다.
남들은 그렇게 치켜세우면서도
내 칭찬을 받는 데는 한없이 인색하다.
남들에겐 그토록 너그러우면서
나에게는 왜 그리 혹독한 걸까.

나를 향한 칭찬을
있는 그대로 받아들여 보자.
그저 헤헤 웃으며,

"그랬나요? 감사합니다."

이 한마디만 하면 된다.

부끄러워할 필요도 없다.
사람들은 보통 없는 말을 지어내서 하지는 않는다.
굳이 그럴 시간도, 여유도 없다.

내게 맞는 적절한 말을
그대로 전해준 것일 뿐 다른 의도는 없다.
이런 날은 인생에서 며칠 없는 소중한 날이다.

그동안 없던 찬사가 쏟아지는 날.
이런 날은 그저 마음껏 우쭐대 보자.

하루쯤은 그래도 된다.
그만큼 열심히 해왔으니까.
그럴 자격이 충분하니까.

나도 내가 너무 멋있어
주체가 안 되는 날

나도 내가 너무 멋있어 주체가 안 되는 날이 있다. 어떤 일을 잘해냈을 땐 당연히 이런 느낌을 받는다. 한 학기 중 가장 중요한 발표 수업을 내가 준비한 모든 것을 끄집어내 당당하게 마무리했을 때, 회사의 핵심 사업에 투입돼 뛰어난 공로를 세웠을 때, 허둥대기만 하던 육아에 적응해 어느덧 지혜롭게 아이를 돌볼 수 있게 되었을 때.

일의 크고 작음을 떠나 예전엔 무척이나 버거웠던 일들을 어느덧 척척 해내고 있다는 느낌을 받으면 내가 참 멋지다는 생각이 든다.

작은 친절을 베풀 때도 이런 느낌을 받는다. 뒤따라오는 사람에게 문을 열어줄 때, 멀리서 뛰어오는 사람을 위해 엘리베이터의 버튼을 눌러줄 때, 지하철이나 버스에서 좌석을 흔쾌히

양보할 때처럼 작은 행동으로 나 스스로가 멋있어지는 것 같은 기분을 느낀다.

하지만 이보다 더, 내가 최고로 멋있게 느껴지는 날이 있으니, 그건 바로 주변 사람에게 결정적 순간에 결정적인 영향력을 미칠 때다. 힘겨워하는 내 주변인을 나의 말 한마디로 일으켜 세울 때, 방법을 못 찾고 있는 사람에게 명쾌한 해답을 알려줄 때, 의욕 없던 사람에게 확실한 동기를 찾아내 줄 때처럼 말이다.

사실 딱히 나에게 직접적으로 돌아오는 건 없다. 하지만 그 어느 때보다 자존감은 치솟는다. '나도 누군가에게 꼭 필요한 존재가 될 수 있구나.'

한 후배가 자신이 왜 이러는지 모르겠다며 이야기를 꺼냈다. 후배는 얼마 전 회사의 대형 이벤트를 성공적으로 마무리했다. 하지만 본인 스스로는 뭔가 만족스럽지 못한 느낌을 내내 갖고 있다 했다. 이야기를 끝까지 들어 주고 한마디를 던졌다. "아니야. 너 스스로의 기준이 너무 높아서 그래. 넌 정말 최고였어. 정말 멋있었다."
단번에 기분이 풀린 후배에게 잠시 뒤에 카톡이 날아온다.

「선배님 덕분에 찝찝하던 부분 훌훌 털어냈어요. 감사합니다.」

다음날 있을 큰 방송을 앞두고 고민하는 또 다른 후배가 말한다.
"저 도저히 못 할 거 같아요. 당장 내일인데 어떡하죠."
"내가 봐온 너는 충분히 할 수 있어. 너만큼 잘 어울리는 사람
은 없는 거 같은데?"

이튿날 모든 걸 완벽히 잘 소화해낸 후배는 내게 감사 인사를
전한다.
"선배님의 그 말 덕분에 자신감 있게 진행해서 모두 잘 끝났어
요. 정말 고맙습니다."

개인의 능력을 세세히 분석하거나 지금 상대의 현실이 어떤지
따위의 말은 전혀 필요 없다. 그저 격려가 필요한 순간이 있는
데, 그 타이밍을 잘 맞춰 들어가 용기만 한두 스푼 적당히 심
어 주면 되는 거다. 어떤 특별한 가르침을 주는 것보다 원래 갖
고 있는 능력을 증폭시킬 수 있게 자신감만 살포시 얹어 주면
되는 거다. 그러면 그 사람도, 나도, 가장 멋들어져 버리는 순
간을 곧 맞이하게 된다.

꼭 내가 잘해야만, 꼭 내가 무언가를 이뤄내야만 멋있는 사람
이 되는 줄 착각하는 경우가 많다. 물론 나만 잘해도 멋있긴

하다. 하지만 내가 업어 주고, 일으켜 세워 주고, 정신 차리게 해 주는 사람들이 생기면 내 모습은 더더욱 멋지게 바뀐다. 나만 잘했을 때와 비교도 되지 않는 뿌듯함이 밀려온다.

이런 날은 우리 인생에서 참 귀한 날이다. 혼자 피식 웃으며 '내가 생각해도 나 쫌 멋지다.' 하며 한번 칭찬해 주자. 그저 뿜어져 나오는 멋짐을 있는 그대로 느껴보자.

나도 내가 멋있어 주체가 안 되는 이런 날이 몇 번 이어지다 보면, 이전과 비교도 되지 않을 만큼 나의 자존감이 치솟게 될 거다. 그리고 사람들 사이에서의 나 또한, 없어서는 안 되는 반드시 필요한 존재로서 자리매김하게 될 것이다.

나의 '쏘울'을
만나는 날

쏘울 없는 가수의 노래는 듣고 싶지 않다. 실체가 없어도 그럴 듯하게 포장돼 만들어진 이미지는 예전에는 통했을지 모르지만 이제는 어림도 없다. 방송이든 음악이든 일상에서의 아주 작은 행동이든 그게 무엇이든, '쏘울'이 없는 행동은 이제 누구든 다 느낄 수 있는 시대다.

사실 '쏘울'은 가장 신경 쓰지 않아도 되는 부분이기도 하다. 내가 무언가를 진심으로 가득 좋아하고 있다면 특별한 노력을 하지 않아도 '쏘울'이 마구 쏟아져 나오기 때문이다. 내가 진정으로 사랑하는 사람과 함께할 때 내 감정에 아주 충실할 수 있게 되고 같이 있을 때 시간 가는 줄 모르는 것처럼 말이다.

나만의 '쏘울'이 담기는 일을 만날 때 빠지지 않고 나타나는 특징이 있다. 누가 시키지 않아도 스스로 알아서 온 정성을 쏟아

열심히 하게 된다는 것, 다른 일보다 훨씬 더 빠르게 성장할 수 있다는 것. 상상 이상의 수준으로 디테일을 끌어 올릴 수 있다는 것 등이다.

반대로 '쏘울'이 없다면 문제가 심각해진다. 인생을 처음부터 다시 살 수 있다면 모르겠지만 딱히 특별한 해결책이 없다. 아직 사랑의 열병을 앓아보지 못한 가수가 가창력과 기교만으로 애절한 사랑 노래를 할 때 나타나는 영혼의 부재를 어떻게 해결할 방법이 없는 것이다.

'쏘울'을 마음껏 쏟아 부을 수 있는 곳을 찾아내는 일은 인생의 숙제다. '쏘울'의 분출구를 찾아내는 순간 우리의 새로운 꿈이 시작된다. 자연스레 내 모든 것을 던질 각오도 서게 된다. 주위의 모든 것들을 뒤져서라도 일단 찾아보자.

찾기만 한다면 다음은 쉽다. 어느덧 거침없이 나아가고 있는 나를 발견할 것이다. 그리고 순식간에 마지막 단계가 찾아올 거다.

숨어있는 내 안의 '쏘울'을 쏟아낼 곳을 찾았다면, 이제는 마음껏 끄집어내기만 하면 된다. 크지도 작지도 않은 적당한 크기의 예쁜 그릇에 보기 좋게 담아보자. 조금 흥분할 때면 그릇이 흔들리며 안에 담긴 '쏘울'이 살짝 흘러넘칠 수 있게.

나를 세련되게
드러내는 방법

나를 드러내는 일은 참 쉽지 않다. 조금 과하다 싶으면 잘난 척하는 재수 없는 놈이 되고, 그렇다고 개성을 보여 주지 않으면 그냥 무색무취, 기억에 남지 않는 매력 없는 사람이 되고 만다. 자만이 아닌 자신감과 소심하지 않은 겸손함을 잘 조합해서 버무려야 하는데 그게 말이 쉽지, 너무나도 어렵다.

이제 심지어 2020년대다. 영화 속에서나 보던 미래 사회가 지금 우리가 살아가는 현재다. 2020년대를 상상했던 과거의 영화 속에는 날아다니는 자동차가 어김없이 등장하며 눈길을 사로잡았지만, 나는 그보다 미래인들의 모습이 더 눈에 띄었다.

미래를 상상한 영화마다 요란한 머리 색깔과 이해할 수 없는 콘셉트의 코디가 꼭 등장한다. 대개 미래를 상상할 때는 지금보다는 훨씬 더 튀고, 더 개성 넘치는 삶이 펼쳐지지 않을까 생각한다. 그리고 그건 틀리지 않은 것 같다.

사실 과거에는 나를 드러내지 않는 것이 미덕으로 여겨졌다. 알아도 모르는 척하기, 칭찬을 받아도 항상 겸손하게, 자신의 노력은 배제한 채 다른 것들로 공을 돌리기 등 방법도 다양했다. 하다못해 초등학교 반장 선거 때도 "내가 반장이 된다면…."으로 시작하는 정책 발표 시간을 다 해놓고도 누군가 "야! 너, 너 뽑았지?" 하고 물으면 부끄러워 얼굴이 빨개지는 친구가 있었다. 당선되려고 입후보한 사람이 자신을 뽑지 않으면 누굴 뽑는다는 말인가.

2019 MBC 연예대상 신인상 부문 수상자 장성규 전 아나운서는 과거의 장성규에게 한마디 하고 싶다며 이런 수상 소감을 남겼다.

"성규야 미안하다. 생각보다 너는 괜찮은 친구였는데 내가 너무 무시했던 거 같아. 지금까지 잘 해줬고 수고했다. 네가 나여서 너무 좋아."

으레 주변 사람들에게 공을 돌리는 겸허한 수상 소감만 가득했던 이전과는 다르게, 바뀐 시대의 트렌드를 가장 잘 엿볼 수 있는 기가 막힌 수상 소감이 아니었나 싶다. 적당히 겸손한 느낌으로 시작해 스스럼없이 자신의 공을 드러냈으며, 부담스럽지 않은 유머와 재치로 유쾌함을 자아냈다.

장성규 씨가 스스로의 수고로움을 흔쾌히 인정해 주고 자신을 유쾌하게 드러내며 나아가는 것처럼, 자신이 가장 잘할 수 있는 세련된 방법으로 나를 보여줘야 하는 시대임은 분명하다.

나를 드러내야 한다. 우리가 꿈을 꾸고 있다면 말이다.

우리가 '자만이 아닌 자신감'과 '소심함이 아닌 겸손함' 사이의 절묘한 지점을 찾아내게 된다면, 우리는 어느덧 꿈의 한가운데 있게 될 것이다.

솔직해지는 순간
답이 찾아온다

MBC 아나운서 4차 시험인 합숙 면접을 보고 와서 탈락을 확신했다. 마지막 관문인 돌발 면접에서 허둥지둥하는 모습을 보였기 때문에 그럴 수밖에 없었다. 내가 받은 질문은 그다지 특별할 것 없는 흔한 질문이었다.

"어머니와 여자 친구가 물에 빠지면 누구를 구할 건가요?"

당시 나는 이 질문에 너무 심하게 몰입했다. 그런 장면을 상상하자 선뜻 답이 나오지 않았다. 제대로 된 답이 아닌 엉뚱한 대답만을 늘어놓다 아예 말문이 막혀버렸다. 그런 날 보고 면접관이 웃음 지으며 이렇게 말했을 정도였다.
"도대체 그게 무슨 말이에요? 이해가 되지 않는데…"

면접장에서 그런 말을 들었으니 탈락은 기정사실이었다. 좀 더 그럴듯한 대답을 내놓지는 못할망정 허둥지둥하다 이상한 소리나 내뱉다 왔으니 말이다. 합격자 발표가 나기 직전까지도 그때의 상황을 후회하고 자책하며 시간을 보냈다.

결과는 의외였다. 불합격이 아닌 합격이 나를 기다리고 있었다. 입사 후 그 면접관 선배를 만나게 되자 나는 기다렸다는 듯이 물었다.

"선배 혹시 합숙 면접관 하실 때 저 기억나시나요? 엄청 허둥지둥댔는데 어떻게 합격했는지 도무지 모르겠어요."

그러자 선배가 대답했다.

"당연히 기억나지. 난 네가 그 별거 아닌 질문을 진심으로 생각해서 우왕좌왕하는 모습이 귀엽던데. 그냥 정형화된 답변을 늘어놓는 사람들보다 진심을 보여주려 하는 네 모습이 더 좋았거든. 그래서 나 너 점수 되게 좋게 줬는데?"

답을 찾을 수 없을 때는
그냥 꾸밈없이 솔직하게 행동해 보자.
나 자신을 있는 그대로 보여주는 거다.
멋있어 보이는 무언가를 만들어 내려고
나를 다른 사람으로 바꾸는 순간 나를 잃어버리게 된다.

나를 잃어버리면 나만이 가지고 있는
가장 강력한 무기가 사라져 버리게 된다.
완전히 솔직해질 수 있을 때
그토록 찾아 헤맸던 답이 나를 찾아올 것이다.

지금 이곳에
머무는 것만으로도

떠나는 사람들을 자주 목격한다. 회사를 그만두거나 학업을 그만두고 새롭게 어디론가 향하는 사람들 말이다. 이럴 때 우리는 그 사람들과 관련해 들려오는 좋은 이야기만 머릿속에 입력한다. 세계에서 손꼽히는 명문 대학교로 유학을 떠난다든지 더 좋은 조건으로 스카우트가 되거나 가족의 일을 따라 해외로 간다든지 하는, 누가 봐도 화려하고 좋아 보이는 일들만 바라보는 것이다. 사람인지라 이런 생각이 들 수밖에 없다. '와… 정말 부럽다.'

어느덧 일상에 너무 익숙해져 버렸고 어쩔 땐 지긋지긋하게까지 느껴지기에 허탈감에 빠지기도 한다. '나도 저렇게 박차고 확 나가 버리고 싶다. 이곳에서 탈출하고 싶다.'

떠나는 사람은 꼭 필요한 사람 같고, 나는 여기 있는 게 당연한 사람 같다는 생각이 든다. '많이들 축하해 주는구나. 떠나지 않으면 그냥 나는 당연한 사람이 되어 버리는구나.'

나갈 용기가 없는 내가 비루해 보이기도 한다. '나는 왜 저렇게 하지 못할까. 언제 저렇게 할 수 있을까.' 정확히 잘 모르겠지만 일단 더 화려해 보이고 더 좋아 보인다. 이곳에 머무르는 것보다는 나은 거 같다.

MC를 맡고 있는 프로그램 중 하나인 연금 복권 생방송을 진행하기 전 최고참 작가가 떡을 불쑥 내밀었다.
"이게 웬 떡이에요?"
"사실 제가 작가 데뷔한 지 30년이 됐거든요. 그래서 후배들이 떡을 맞춰줬어요. 너무 고맙긴 한데, 한편으로는 민망해 죽겠네요⋯."

대단하다는 찬사를 건네며 떡을 받아 들었다. 하나의 일을 30년 하셨다니⋯. 새삼스레 존경심이 생겼다. 요즘 같은 세상에 하나의 일을 뚝심 있게 30년을 한다는 게 얼마나 어려운 일일까.

잘 모르긴 몰라도 함께 일하던 수많은 사람을 떠나 보냈을 것이다. 3년, 아니 3개월만 지나도 수많은 사람이 떠나고, 새로

오는 곳이 이곳 방송국이다. 그런데 30년 동안 오고 가는 무수한 사람을 보며 작가는 어떤 생각을 했을까.

자존감이 높지 않고 자기 일에 대한 믿음이 없다면 절대 할 수 없는 일이다. 오히려 훌쩍 떠나는 일이 훨씬 쉬워 보인다. 하나의 일을 진득하게 해 나갈 수 있다는 것, 한 분야에서 전문성을 쌓아가며 흔들리지 않고 30년이란 세월을 이겨낼 수 있다는 건 그 누구도 하기 힘든 일일 것이다.

'버티는 놈이 이기는 놈이다.'라는 말이 그냥 나온 이야기가 아니다. 남아있는 사람들이 할 일이 없고 능력이 없어서 떠나지 못하는 것이 절대 아니다. 남아있다고 해서 나의 존재가치가 없어지는 것이 아니다.

자리를 지키는 것은 짧은 시각으로 보면 덜 화려하고 덜 좋아 보일 수는 있다. 하지만 끝까지 버텨낸 사람에게는 언젠가 최고의 순간이 꼭 찾아온다는 것, 이것 하나만큼은 확실하다.

흔들리지 말자. 우리는 지금 이곳에 머무는 것만으로 충분히 가치 있는 사람이다.

성실함이라는
저주받은 능력

누군가 내게 "가장 잘하는 게 뭐예요?"라고 물으면, 나는 내가 유일하게 가진 특출한 능력 하나를 떠올린다. 그리고 대답한다. "음… 저는 몇 날 며칠이든 항상 같은 자리에 가 있는 걸 가장 잘해요. 어렸을 때부터 그랬어요. 반에서 가장 빨리 등교하는 학생이었고, 지금도 회사에 가장 일찍 출근하는 사람 중 한 명입니다. 잘하진 못해도 성실하죠. 이놈의 성실."

그렇다. 나는 성실하다. 과도하다 싶을 정도로 꾸준하고 답답할 정도로 성실하다. 혹은 그런 모습을 보이려고 애쓸 때도 있다.

스스로 성실하다고 뻔뻔하게 말할 수 있는 까닭은 인생 내내 그렇게 살아왔기 때문이다. 그리고 내게 주어진 이 능력을 별로 좋아하지 않기 때문이다.

처음엔 내게 주어진 성실이라는 녀석이 저주받은 능력이라고 생각했다. 남들처럼 한방에 확 터트릴 수 있는 파괴력 넘치는 능력을 주시지…. 뭘 해도 시간이 한참 걸리는 이런 보잘것없는 능력이 내게 왔나 싶었다. 남들처럼 큰 걸음으로 성큼성큼 나아가고 싶었지, 이렇게 잰걸음으로 수십 걸음을 걸어 따라잡는 일은 참 재미없고 따분한 일이었다.

덕분에 삶이 참 피곤해지기까지 했다. 성실한 사람은 늘 무언가를 하지 않으면 안 된다. 항상 뭐라도 해야 하니까 일이 없으면 찾아서라도 해야 한다. 사실 그럴 땐 조금 쉬면 되는데 나 같은 부류의 사람들은 그게 용납이 안 되는 거다. 쉬어도 쉬는 것 같지 않다. 왠지 쉬면 안 될 거 같은 기분이 계속 든다. 속도가 워낙 느리기에 조금이라도 쉬면 또 한참이 지체되니까.

조금 언짢으신 분도 계실 수 있지만 어쩔 수 없이 이 말은 인용해야겠다. 나처럼 저주받았다 생각하는 사람들을 위해서니 이해해 주시길 바란다. 말 자체로 좋은 말이니 잠시 미운 옆 나라와의 관계는 제쳐놓자.

"노력하지 않고 뭔가를 잘 해낼 수 있는 사람을 천재라고 한다면, 나는 절대 천재가 아니다. 하지만 피나는 노력 끝에 뭔가를 이루는 사람을 천재라고 한다면, 나는 천재가 맞다."

일본은 물론 메이저리그까지 완벽하게 정복한 야구 천재 스즈키 이치로의 말이다. 언젠가 한 기자가 그에게 스스로를 천재라 생각하느냐 물었고, 그 질문에 대한 그의 대답이었다.

이치로는 분 단위로 시간을 쪼개 쓰는 지독한 루틴과 혹독하기까지 한 성실함으로 유명했다. 사람이 어떻게 저렇게까지 할 수 있는지 그저 감탄스러운 선수였다.

이 말을 듣고 나니 새로운 세상이 열리는 듯했다. 그동안 나는 한 분야에서 뭔가를 이뤄낸 사람들은 모두 천재형인 줄로만 알았다. 타고난 재능에 적당한 노력을 얹어서 탄생하는, 우리가 흔히 천재라고 부르는 사람들 말이다.

하지만 진짜 천재가 생각하는 천재는 그런 것이 아니었다. 지독하다 못해 혹독하기까지 한 노력을 통해 만들어지는 것이 진짜 천재였던 거다.

'세상은 1%의 천재들이 나머지 99%의 사람들을 이끌어간다.'라는 말을 흔히들 한다. 물론 그 1%에는 타고난 천재가 많을 거다. 하지만 반대로 만들어진 천재도 분명히 있다.

신입 사원 때 가장 싫어하는 말은 이거였다. "열심히 하겠습니다."라고 말하면 돌아오는 선배들의 대답, "열심히 하지 말고 잘해, 잘해야 돼."

진짜 짜증났다. 처음부터 어떻게 잘하라는 말인가. 그러는 너는 처음부터 잘했냐는 생각밖에 들지 않았다.

왜 그리 그 말에 민감하게 반응했을까 돌아보니, 내가 천재가 되는 방법을 몰랐기 때문이었던 것 같다. 타고난 천재 말고도 만들어지는 천재가 있다는 걸 몰랐으니 타고난 천재가 아닌 나는 짜증이 날 수밖에 없었다.

하지만 이제는 안다. 타고난 천재는 아니지만 만들어진 천재가 될 수 있다는 것을. 굳이 천재가 꼭 돼야 하느냐는 근본적인 물음도 있을 수 있지만, 그래도 이왕 태어난 거, 뭐라도 한번 해 보고 싶기에 천천히 나아가 본다. '언젠가 천재가 될 수 있겠지.' 하는 마음으로 성실하게 한 걸음 한 걸음 잰걸음으로 천천히 걸어가 본다. 저주받은 아이 해리포터도 결국 해피 엔딩 아니었던가. 저주받은 성실함으로 성실하게 해피 엔딩을 만들어 보련다.

마지막으로 한 선배의 말씀을 인용하고 싶다. 내가 부여받은 성실함이 저주받은 능력이라는 생각을 점점 버리고 나아갈 수 있게 해 준 또 하나의 말이다.

"좋아하는 일이면 오래 해.
오래 하면 너 욕하던 놈들은 다 사라지고 너만 남아."

- 1990년 3월부터 지금까지 30년이 넘는 세월 동안
MBC 〈배철수의 음악 캠프〉를 이끌어 오고 계신 배철수 선배의 말

짝사랑을 이루어내는
또 하나의 방법

제40회 청룡영화상에서 〈기생충〉으로 여우주연상을 받은 배우 조여정은 이런 수상 소감을 남겼다.

"어느 순간 연기가 그냥 제가 짝사랑하는 존재라고 받아들였던 것 같습니다. 언제든지 그냥 버림받을 수 있다… 이런 마음으로 연기를 짝사랑해 왔던 거 같아요. 지금처럼 씩씩하게 잘, 열심히 짝사랑을 해 보겠습니다."

한 해 최고의 연기를 보여준 배우에게 주어지는 여우주연상. 마음껏 그 영광을 누려도 지나치지 않을 자리에서 그녀는 앞으로도 계속 연기를 짝사랑하겠다 말했다. 그리고 이 수상 소감은 많은 배우들로부터 공감을 얻으며 화젯거리가 되었다.

배우뿐만이 아니라 나 같은 보통 사람에게도 이 수상 소감의 여파는 컸다. 가슴을 쿵 하고 얻어맞은 것 같아 한동안 멍하니 있을 수밖에 없었다.

'최고의 배우도 최고의 상을 받는 자리에서 일에 대한 자신의 감정을 짝사랑이라 표현하다니…'
'나만 목표를 이루지 못해 힘든 게 아니구나.'
'나만 내 일의 정점에 도달하지 못했다고 생각하는 게 아니구나.'

짝사랑을 해본 사람이라면 알겠지만 짝사랑만큼 괴로운 일이 없다. 상대에게 인정받지 못하는 아픔, 내가 사랑하는 사람이 내가 아닌 다른 사람을 선택하는 걸 지켜보는 일은 세상 그 어떤 고통에 비해도 크면 크지, 작지는 않을 거다.

그 짝사랑을 이루는 방법이 하나가 아니었다. 상대도 나를 사랑해야만 짝사랑을 이룰 수 있다고 생각해왔는데 그게 아니었다. 상대가 나를 알아봐 주지 못하더라도, 그녀가 말한 것처럼 '씩씩하게, 잘' 짝사랑을 이어가는 것 또한 그 사랑을 이루는 또 다른 방법이 아닐까. 지금 당장은 상대가 날 알아봐 주지 않아 아프더라도 무너지지 않으며, 굳세고 용감하게 씩씩하게 나아가는 것 말이다.

그렇게 '씩씩하게, 잘' 묵묵히 나아가보면, 언젠가 최고의 영예

인 여우주연상을 받는 극적인 반전의 날을 맞이하게 될 거다.

그리고 그날이 온 뒤에도 '씩씩하게, 잘' 다시 짝사랑을 이어가

보는 거다.

나를 아프게 하는 소리일수록
잘 간직해 두자

꿈을 잃었던 순간이 있었다.
주변 사람들은 당연히 그럴 수 있다며
나를 옹호해주고 있었다.
거기에 용기를 얻은 나는
세상을 향해 마음껏 응석을 부렸다.
매일 같이 울부짖었다.

내 꿈을 내놓으라고,
되돌려달라고 말이다.

이미 결과는 정해져 바꿀 수 없는데도,
투정은 더욱더 길어지고 깊어졌다.
계속된 몸부림에 나를 옹호해주던 사람들도
하나둘씩 떠나갔다.

그러던 내게 유일하게 따끔한 한마디를
해 준 사람이 있었다.

"(이렇게 못나게 행동하는) 널 아주 혼을 내려고 했어."

내 모든 것을 잃어버렸는데,
이런 나에게 격려가 아닌 질책이라니.

그 사람이 너무나도 미웠다.
눈물이 맺힐 정도로 서러웠다.

그런데,
시간이 지나니 정신이 번쩍 들었다.

주위를 둘러보니 어느덧 내 주위엔
그 누구도 보이지 않았다.
날 응원해주는 이는 물론 혼내주는 이도,
그 누구도 없었다.

모두가 내 곁을 떠나고 나서,
마흔 살의 아저씨가 앓은
사십춘기의 시간이 끝나갈 때쯤,
그 쓴소리가 나를 일깨웠다.
그 소리를 기억해 내며 일어서기 시작했다.

아무도 나에게 쓴소리를 하지 않는 날.
그 누구도 나를 꾸짖지 않는 날.

이런 날 나를 후벼 파는 아픈 소리가 있다면
꼭 간직해야 한다.
그래야 훗날, 그 소리와 함께
다시 일어설 수 있다.

이런 날은
그냥 나일 때 찾아온다

아나운서국 낭독회 1시간 전.
리허설 때의 낭독이 도무지 마음에 들지 않는다.
조금 전까지 3시간 넘게 녹음을 해서
목이 별로 좋지 않은 것 같다고
스스로 평계를 대본다.

하지만 그게 이유가 아니란 건 잘 알고 있다.

30분 전까지도 감을 잡지 못한다.
흔히 말하는 좋은 목소리.
중저음으로 깔리는 중후한 음색.
낭독은 이렇게 해줘야 제맛이지.

되는 거 같기도 한데 계속 뭔가 부족하다.
자꾸 뭘 잊고 있는 것 같다.

무대에 올라가기 5분 전 즈음이 되니
그때야 떠오른다.

'아… 내 목소리는 얇고 가늘잖아.
이건 내가 아니지….'

사실 이게 아니라는 건 이미 알고 있었다.
갖고 싶기에 해본 것일 뿐.
또 잊고 싶었을 뿐.

낭독 직전이다.
연습할 시간은 없지만
나로 돌아가는 건 순식간에 할 수 있는 일.

박수 소리에 짧은 내 순서가 끝났음이 느껴진다.
훨씬 더,
훨씬 더 나았다.
우리는 늘 다른 사람을 꿈꾸지만
내가 될 수 있을 때 꿈에 가장 가까워진다.

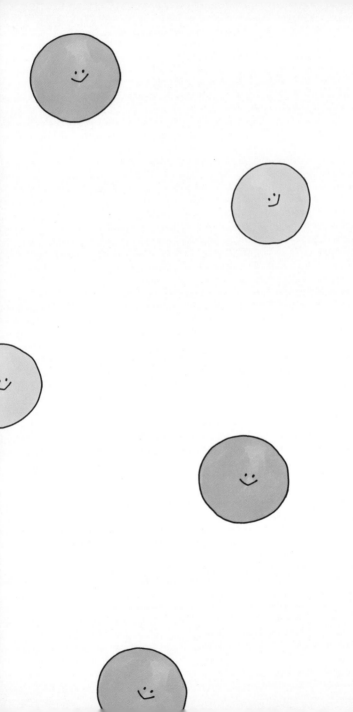

PART 3

당신
덕분에
나아갑니다

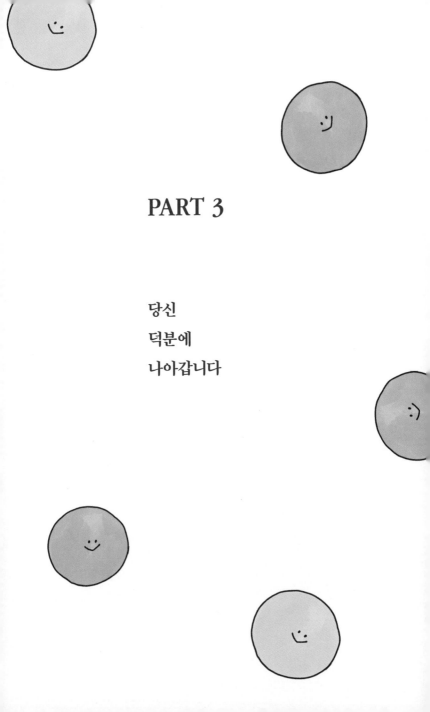

갈등을 피하지 않고
마주하며 나아가기

갈등을 해결하기 위한 나만의 3대 원칙이 있다.

1. 속전속결   2. 일대일   3. 말 아끼기

속전속결. 빠르면 빠를수록 좋다.

개인과 개인이 쌓인 앙금은 최대한 빨리 푸는 것이 좋다. 시간을 지체하면 그 개인은 다른 사람에게 이 이야기를 하게 되고 다른 사람은 또 다른 누군가에게 이야기를 전하게 된다. 그리고 방치된 채 시간만 흘러 두 사람은 어느덧 자타공인 '안 좋은 사이'가 돼 버린다. 최대한 빠르게, 이 사건을 둘만 알고 있을 때 해결하는 것이 베스트.

일대일. 직접 마주 보고 해결하라.

제삼자가 끼어들면 골치 아파진다. 제삼자의 중재로 잘 푼다고 한들 당사자 둘이 가볍게 풀 수 있는 사안이 이미 확대, 재생

산돼 있을 것이다.

말 아끼기. 해결된 후 그 얘긴 다시 꺼내지 마라.

굳이 안 좋은 이야기를 술자리에서 술술 털어내는 사람들이 있다. 여남 사이에서 굳이 안 해도 되는 과거 이야기를 자꾸 하는 사람들처럼. 겉으로는 쿨해 보인다 생각할지 몰라도 마음의 앙금이 남을 수밖에 없는 행동이다. 그냥 하지 말자.

이 원칙이 효과를 톡톡히 발휘한 사건이 있다. 〈스포츠 다이어리〉라는 심야 프로그램을 맡고 있을 때였다. 그날 최고 화제가 되는 스포츠 프로그램의 하이라이트를 더빙하는 일이었다. 중계 실력이 항상 부족하다고 느끼던 나였기에 하루의 스포츠 경기를 웬만하면 다 보려고 했다.

그런데 일이 생긴 건 딱 하루. 내가 경기를 보지 못한 날이었다. 밀려오는 스케줄 탓에 아침 메이저리그를 챙기지 못했던 그날. 야구에는 워낙 특수한 상황이 많기에 경기를 다 보지 않으면 당시 상황의 뉘앙스를 제대로 알기 쉽지 않은데 그런 장면이 하나 있었던 거다. 전체 경기가 아닌 하이라이트만 보면 그 연유를 찾기 쉽지 않기에 왜 그런 일이 생겼는지를 담당 PD에게 물었다. 그러자 내 1년 선배인 당시 PD는 대답 대신 나에게 경기를 좀 보고 오라며 타박을 했다.

너무 억울했다. 3분짜리 하이라이트를 위해 내가 쏟는 3시간도 넘는 시간이 깡그리 무시당하는 것 같았다. 평소 그냥 좋은 게 좋은 거라 허허 하고 다니는 나도 이상하게 그날만큼은 격앙된 톤으로 따지면서 화를 내듯 이야기했다.

"아니 선배, 오늘만 못 본 거예요. 제가 오늘 너무 바빴어요. 스케줄만 4개였다고요."

그렇게 이야기하자마자 참 어려운 분위기가 조성됐다. 함께 고시원 방 한 칸 크기도 안 되는 더빙실을 들어갈 때도 서로 말한마디 없었다. 더빙을 할 때도, 하고 나올 때도, 헤어지는 인사를 할 때도 참 싸했다. 세상 어색한 분위기. 다시는 풀리지 않을 것 같은 공기. 한 주에 네 번을 마주쳐야 하는 사람과 함께 만들어낸 폭풍전야. 일촉즉발, 견원지간 등 사자성어가 왜 그리 많은지 잘 알 수 있었다.

늦은 시간 집에 돌아와서도 머릿속은 온통 그 생각이었다. 상상이 꼬리에 꼬리를 물고 확대되더니 직장에서 인간관계가 원만하지 못한 나는 어느덧 퇴사자가 돼 있었다. 그런 망상을 거두고 다시 돌아와서 곰곰이 생각한 결과 답은 하나였다.

다음 날 아침 출근하자마자 선배를 찾아갔다. 얘기 좀 하자고 하니 기다렸다는 듯이 함께 엘리베이터를 탔다. 아무 말도 없는 짧은 정적의 시간. 빠르면 빠를수록 좋다. 채 내리기 전에 그 모든 걸 깨부술 한마디를 들이밀었다.

"선배 죄송해요. 너무 억울해서 그랬어요. 제가 평소 얼마나 노력하는지 잘 알아주던 분이 그런 말씀을 하니까 서운하기도 해서."
그러자 기대했던 것보다 더 최고의 대답이 돌아왔다.
"고마워. 먼저 그렇게 이야기하기 힘들었을 텐데."

'그래'가 아닌 '고마워'
'사과'가 아닌 '이야기'

선배가 후배에게 사과를 받는 최고의 단어 선택이 아니었나 싶다.

누군가와 갈등이 생긴 날.
그 생각이 지워지지 않는 날.
이제 더이상 생각하기 싫은 날.
누군가와 마주치기 겁나는 날.
그렇다고 도망치기는 싫은 날.
이런 날에는 그 사람과 마주 보고 앉아보자.
최대한 빠르게 말이다.

모든 사람과 좋은 관계를 유지하고, 갈등이 생겼을 때 항상 먼저 사과를 해야 한다는 말이 아니다. 그렇지만 소중한 인연이라면, 갈등을 만든 것 때문에 내가 더 괴로워지고 있다면 마음 속에만 담아두며 관계 회복을 다음으로 미루지 말자. 용기 내어 빠르게 얼굴을 마주하고 털어버리자.

당신을 소중하게 생각하는 사람이라면 반드시
그런 당신의 마음과 용기를 기꺼이 아껴줄 것이다.

소중한 사람을
잃지 않고 살아가기

방에 들어가며 휴대전화를 침대 구석에 휙 하고 던져놓고 옷을 갈아입는다. 어떤 특별한 인식도 없이 자연스레 던져진 휴대전화를 보니, 문득 2년 전 휴대전화를 처음 샀을 때가 떠올랐다. 그야말로 애지중지하던 전화기였다. 처음 샀을 때는 행여나 손가락 지문으로 더럽혀질까 두려워 액정 화면조차 제대로 만지지 못했다. 혹여나 떨어뜨리기라도 하면 내 신체의 일부가 떨어져 나간 것처럼 많이 아팠다. 하지만 시간이 지나며 신형 모델은 구형이 되었고 어느덧 막 다뤄도 되는 존재로 바뀌어 있었다.

사람을 처음 만날 때도 마찬가지다. 새로운 사람을 처음 만날 땐 좋은 이미지만을 보여 주려고 갖은 노력을 다한다. 친절하고 매너 있게 대하는 것은 기본이고, 나라는 사람이 더없이 좋은 사람이라는 것을 보여 주기 위해 최선을 다한다. 하지만 시간이 흐를수록 새로운 사람은 원래 알던 사람 중의 하나가 되고, 잘하기 위한 노력은 점차 사라진다. 새로운 사람은 가까운 사람이 될수록 점점 소홀해진다. 친하다고 느낄수록 막 대하는 경향도 짙어진다.

편함이라는 이름 아래 소중한 사람을 소중히 대하지 않다가 떠나고 나면 그제야 깨닫는다. 그 사람은 그런 취급을 받으면 안 되는 사람이었다. 새로 산 휴대전화처럼 항상 아껴 주고 사랑을 줘야 하는 사람이었다. 되돌려 보려 해도 그때는 이미 늦은 경우가 많다. 사람은 지나고 나서, 놓치고 나서는 다시 찾을 수 없는 법이다.

소중한 사람을 대하는 모든 순간에 최선을 다할 수는 없다. 하지만 잊지는 말아야 한다. 그 사람을 처음 알아갈 때 얼마나 귀한 감정이 가슴을 파고들었는지, 그 사람의 마음을 얻기 위해 내가 얼마나 많은 노력을 기울였는지 말이다.

꼭 연인 사이뿐만이 아니다. 선후배, 직장 동료, 친구, 그저 윗집 아랫집 이웃 사이일지라도 한번 잃어버린 관계는 회복하기 참 힘들다.

내 모든 힘을 쏟기 힘들 수 있다. 그저 되돌아보는 것으로 충분하다. 작은 관심을 보여 주고 따스한 말 한마디를 건네는 것, 그것이면 되는 것이다. 아끼는 꽃에 끊임없이 물을 주고 따사로운 햇볕을 쐬게 하듯, 사람에게도 똑같이 하면 된다. 그러면 사람을 잃고 후회할 일이 없게 될 것이다.

그저 한번 쳐다봐 주는 거다. 그리고 나도 한번 얼굴을 보여주자. 영원히 새로 산 휴대전화처럼 머물 수는 없다. 하지만 적어도 어려울 때 힘이 되어 주는 소중한 존재로 남아 있어 줄 거다.

16년 만에 날아온
답장을 펼쳐보던 날

가수 이지혜 씨가 진행하는 MBC 라디오 〈오후의 발견〉에 출연하던 때였다. 내 코너의 제목은 '주부 9단'이었는데, 집안일 좀 한다는 후배 아나운서와 함께 출연해 가사 노하우 및 에피소드를 나누는 시간이었다. 코너 진행을 한창 하고 있는데 주제와 상관없이 날아온 문자 메시지 하나에 눈길이 갔다.

「김나진 아나운서! 군대 있을 때 참 잘해 주셨는데 아나운서 되신 거 보니 너무 좋네요. 39연대 1호차 운전병이었습니다. 언제나 파이팅입니다.」

방송 일을 하다 보면 아는 사람에게 사연이 도착할 때가 종종 있다. 과거에 직접적으로 연을 맺은 사람과 연락이 닿는 경우도 있다. 하지만 너무 개인적인 사연은 방송에서 소개해 주기가 조금 민망하고 부담스럽다. 그래서 당시 나는 우선 지나치고 마음으로만 저장해두었다.

방송이 끝나고 사원만 들어갈 수 있는 청취자 문자 창에 접속해 그 문자를 다시 읽어 보는데 자연스레 미소가 나왔다. '누굴까.' 기억을 되살리려 노력했다. 하지만 아무리 뇌를 풀가동해도 도무지 누군지 떠오르지 않았다. 사실 그게 누구인지는 중요치 않았다. 그저 참 다행스러웠다. 그리고 참 고마웠다.

전역하던 날, 부대를 나오며 가장 먼저 든 생각은 소대원들에 대한 감사한 마음이었다. 크고 작은 사건 사고야 끊이지 않았지만, 나와 함께한 소대원 중 누구도 크게 다치지 않고 모두 건강한 모습을 보며 군 생활을 마무리할 수 있었다는 건 큰 행운이었다.

하지만 대개 그렇듯 전역과 동시에 군과는 완전히 단절되기에 그런 감사한 마음을 표현할 수 있는 방법은 없었다. 내 말을 전할 수 없으니 응답을 받아볼 수 없는 것도 당연했다.

세월을 따져보니 2004년 여름 군을 떠난 이후 16년 만이었다. 16년 만에, 험지에서 내 20대 중반을 바친 28개월에 대한 답을 받은 것 같았다. 보이지 않는 전파를 타고 라디오에 날아온 문자 한 통, 그것은 단순한 문자 한 통이 아니었다. 16년 전 내 행동에 대한 답장이 조금 늦게 도착한 것이었다.

그 답장이 크나큰 선물이 담긴 소포로 날아왔다. 그 까마득한 옛일로 나를 기억해 주는 누군가가 있다는 것, 나를 좋은 사람으로 기억해 주고, 심지어 한 사람의 귀한 시간을 쪼개서, 비록 문자 한 통에 50원, 적은 돈일지라도 자기 돈을 들여가며 응원의 문자를 보내준다는 것은 엄청난 선물이었다.

아마 우리가 마주하는 대부분의 나날이 이렇지 않을까. 우리는 우리도 모르게 선하고 좋은 영향력을 끼치며 살고 있지 않을까. 다만 그 대답을 듣지 못해 내가 잘해온 것인지 아닌지 헷갈리는 게 아닐까. 그래서 내가 지금 하는 행동들에 확신을 갖지 못하는 게 아닐까.

우리가 따뜻함으로 사람을 대하고 온 마음을 다해 지금의 생활을 이어가고 있다면, 미소를 띠며 읽을 수 있는 답장이 반드시 올 거다. 다만, 조금 늦게 받을 수는 있겠다. 하지만 그 응답을 받는 순간은 꼭 올 것이고, 내가 지나온 날들이 잘못되지 않은 것이었음을 확인할 수 있을 거다. 내가 지금처럼 나아가면 된다는 확신 또한 함께 가져갈 수 있다.

보이지 않던 타인의 삶이
곧 내 삶이 된다

봤던 영화를 우연히 또 보게 되는 날이 있다. 분명히 몇 년 전 극장에서 봤던 영화인데, 그때의 기억과 전혀 다른 내용이 눈에 들어올 때가 있다. 그때 그 영화와 지금 보고 있는 이 영화는 왜 이리 다른 걸까. 뭐 답은 간단하다. 나를 둘러싼 날들이 바뀌었기 때문이다. 내 상황이 바뀌면 영화의 내용도 자연스레 바뀐다.

영화 채널에서 〈레미제라블〉을 우연히 다시 보게 됐다. 장발장의 이야기를 담은 이 뮤지컬 영화는 2012년 겨울 개봉했는데, 프랑스 대혁명 때 피 흘린 열사들의 이야기부터 간절한 사랑 이야기까지 멋들어지게 표현한 걸작이다. 당시 내 주변의 상황이 상황이었던 만큼 이 영화는 내 마음을 깊숙이 파고들었다.

잊을 수 없는 2012년 여름. MBC 대부분의 구성원은 방송사 최장 기간 파업인 '공정방송 쟁취를 위한 170일 파업'을 끝내고 복귀했다. 회사 측에 철저하게 짓밟힌 노동자의 모습이 우리가 마주한 현실이었고 그 상처는 아직도 아물지 않고 있다.

그 겨울에, 이 영화를 보고 눈물을 흘렸다는 동료들이 참 많았다. 영화의 하나하나가 우리의 싸움인 것처럼 감정 이입이 되었고, 끝내 승리했던 프랑스 대혁명과 다르게 우리는 패배했기 때문에 슬픔이 더 컸던 것 같다.

하지만 얼마 전 다시 본 〈레미제라블〉은 전혀 그런 영화가 아니었다. 투쟁, 조합, 싸움 등의 단어를 잠시 잊고 사는 요즘이기에 전혀 다른 내용이 눈에 들어왔다.

파업이 끝난 직후 봤을 때는 "다시는 노예가 되지 않겠다는 외침이다.", "미래를 창조하기에 꿈만큼 좋은 것은 없다."처럼 투쟁적, 미래지향적 대사가 가장 감명 깊었지만, 이번에 영화를 다시 보고 나서는 최고의 명대사로 이 말을 적었다.

"가장 두려워하던 순간이 왔다. 이제 내 보석을 저 청년에게 넘겨 주고 난 떠나가야 해."

-장발장이 사랑하는 딸 코제트에게, 사랑하는 사람이 생긴 걸 알게 되자.

딸이 생기고 나니 장발장이 아빠로만 느껴졌다. 세상의 모든 것을 아빠의 시선으로만 보게 된 것이다. 투쟁도 신념도 딸에 대한 사랑보다는 작은 가치 같았다.

애인이 군대에 가면 군복 입은 사람만 보이고, 가족이 임신하면 임산부만 보이게 된다. 또 아이가 태어나면 아이만 눈에 들어온다. 사람은 내가 처한 상황에 따라 내 눈 안의 카메라가 담는 원 샷의 대상이 바뀔 수밖에 없다.

하지만 우리는, 지금은 보이지 않는 내 눈 밖의 이야기를 들여다볼 줄 알아야 한다. 내 시선 밖의 이야기는 당장은 내 이야기가 아닐 수 있지만, 나의 과거 혹은 내 미래의 이야기이고 내 가족의 이야기이기 때문이다.

물론 잘 보이지 않는다. 싱글일 때 어찌 부모의 삶을 알겠으며, 뜨거운 연애가 진행 중인데 가족이 된 부부의 삶을 어떻게 이해하겠는가.

딸이 생기기 전에는 왜 그리 많은 아이가 쇼핑몰에 쏟아져 나와 있는지 몰랐다. 비행기 안이나 KTX에서 여정 내내 우는 아기들을 보면 도무지 이해하지 못했다. 부모들은 애 조용히 안시키고 뭘 하고 있냐고 탓하며 원망하기 바빴다. 하지만 그 입장이 되어보니 그런 것들에는 다 이유가 있었다.

어려워도 조금 더 살펴보려 해야 한다. 그래야 실수하지 않는다. 내가 도무지 이해할 수 없었던 그 사람들의 날이 곧 나의 날이 되니까. 타인의 삶이 곧 내 가족의 날이니까.

지금은 조금 내키지 않을지라도, 다른 사람들의 모습을 들여다봐 주고 이해하려 노력해보자. 지금 닥친 나의 날들처럼.

세상의 공기를 바꾸는
작은 행동

회사로 향하는 버스 안. 할머니와 5살 정도 돼 보이는 남자아이가 다시 보인다. 직장 어린이집에 가는 두 사람과 내 출근길이 종종 겹쳐 같은 차를 타고 가곤 한다.

언제나 그렇듯 아이는 앉아있다. 언제나 그렇듯 할머니는 아이 앞에 조금 웅크린 자세로 서 계신다. 낡은 검은색 장바구니 캐리어를 다리 사이에 끼고, 아이가 앉아있는 좌석의 손잡이를 양손으로 움켜쥐고 아이 쪽으로 바짝 밀착해 서 계신다.

차고지와 가까운 정류장이기에 앞뒤로 빈자리가 많이 보인다. 하지만 할머니는 항상 그렇게 아이 앞에 서 계신다. 세상에서 가장 소중한 존재를 지키려는 듯.

하루는 할머니와 아이가 내리는 문과 조금 먼 쪽에 있었다. 역시 아이는 앉아있고 할머니는 서 계신 채로.

할머니는 내릴 준비를 부산하게 하고 계셨다. 아이에게 내릴 거라 설명하고 본인도 캐리어를 손에 미리 쥐었다. 교통카드도 미리 찍고 다시 자리로 돌아가 도착 직전까지 아이 앞좌석의 손잡이를 놓지 않았다. 완전히 정차한 뒤에 재빠르게 움직이려는 듯이.

그래야 아이도 넘어지지 않고 다른 사람들이 조금 기다리는 별거 아닌 번거로움을 끼치지 않을 테니까.

하지만 내리는 문이 역시 조금 멀었다. 계속 고민하는 듯 보였던 할머니는 잠시 정차한 사이 내리는 문 앞에 서 있던 내게 와서 캐리어를 부탁하셨다. 마주칠 때마다 도와드릴까 고민하다 유난 떠는 거 같아 결국 혼자 먼저 내렸던 나였다.

기회가 왔다. 이 별거 아닌 친절.

버스가 정류장에 도착했다. 내가 캐리어를 들고 먼저 내렸다. 그리고 혹시 몰라 문을 오른팔로 막아섰다. 할머니는 소중한 손자의 손을 꼭 붙들고 느릿느릿 안전하게, 하지만 자신이 할 수 있는 가장 민첩한 움직임으로 무사히 정류장에 내렸다.

"고마워요!"

할머니가 안도감이 섞인 크고 짧은 한마디를 건네셨다. 아마 하루 중 가장 긴장된 순간이 아니었을까.

후련했다. 그동안 못했던 일을 드디어 해낸 것 같았다. 쭈뼛거리다 매번 놓쳤던, 미루고 미뤘던 작은 행동이었다. 그리고 나도 그 흔한 한마디를 전했다.

"아가야, 안녕! 잘 가! 할머니 안녕히 가세요."

이상하게 기분이 너무 좋았다. 출근길에 이런 따뜻한 마음을 느낀 적이 있었나 싶다. 별거 아닌 도움이지만 도움은 내가 드린 것이었는데 작은 행동에 세상의 공기가 뒤바뀐 것 같았다. 미세먼지 따위는 없는 청정 공기로, 코로나 19 따위 없는 맑은 공기로.

다음엔 먼저 인사드리고 먼저 짐을 내려드리자 다짐해본다. 또 한 번 그 공기를 맛보고 싶으니까. 다른 사람이 아닌 바로 나를 위해서.

덕분에
다시 나아갑니다 〰

3744번 김나진 후보생, 3745번 김범수 후보생.

범수와 나는 앞뒤로 서서 처음 만났다. 20년 전 겨울의 시작지점에서 어색하게 앞뒤로 섰다. 우리는 그 짧은 어색함을 뒤로하고 어쩔 수 없이 함께해야 하는 앞뒤 번호의 인연을 맞이했다. 나는 언제든 뒤돌아보면 범수를 볼 수 있었고 범수는 2년 동안 내 뒤통수를 지겹도록 지켜봤을 것이다.

16년 전이었다. 전역을 4개월 앞둔 어느 겨울날, 그날 그 장면이 아직도 생생하다. 최전방 GOP에서 주둔지로 복귀하던 박스카 안에서 그 전화를 받았다.

"범수가… 범수가 죽었대."

신병 교육대 소대장으로 복무하던 범수가 수류탄 폭발 사고로 유명을 달리했다. 자신의 몸을 방패로, 다른 269명의 목숨을 지켜내며.

입영 훈련에 들어가면 범수는 자주 가족 이야기를 하곤 했다. 일직 사관이 시끄럽다고 주의를 줘도 아랑곳하지 않고 몰래 조용히 이야기를 이어갔다. 덕분에 나도 사랑하는 이들을 떠올리며 잠들 수 있었다.

전역을 하고 가장 먼저 한 일은 친한 동기와 범수가 있는 현충원을 찾은 것이었다. 그리고 덕분에 건강하게 잘 전역했다고 감사 인사를 했다. 너무 늦었지만, 그래도 범수를 다시 돌아볼 수 있어서 다행이었다.

이후 학교에는 故 김범수 대위의 동상이 설립되었다. 범수가 있던 신병교육대에는 '김범수 체육관'이 생겼다. 또 얼마 전 ROTC 포상이 선정돼 ROTC 중앙회 회의실이 '김범수실'로 명명되었다.

마지막으로 그를 돌아봤던 게 16년 전이었다. 너무 앞만 보고 살아왔나 싶다. 어제오늘 단체 카톡방의 요란한 알림 덕에 오랜만에 그를 돌아본다.

뒤돌면 항상 있던 그 자리는 아니지만 더 높은 어딘가에서 내 뒤통수를 바라보고 있을 것 같다. 그리고 더 열심히, 더 잘 살아가라고 말하는 것 같다.

나는 다시 돌아 앞을 보겠지만, 뒤의 든든한 그림자 덕분에 다시 나아갈 수 있을 것 같다. 그가 구한 269명의 생명도 아마 그가 계속 지켜봐 주지 않을까.

"고맙다. 친구야."

짧은 인사를 건네고는 다시 앞을 바라본다.
덕분에 다시 나아간다.

사랑하는 사람과의 시간은
미루지 말자

누구에게나 인생에서 부모님에 버금가는 존재가 있다. 내게는 이모가 바로 그런 사람이었다. 부모님께서 맞벌이를 하셨기 때문에 나는 이모와 유년 시절의 대부분을 함께했다. 한집에 살며 참 많은 추억을 함께했고, 모든 희로애락을 함께 나눴다.

가장 강렬한 기억은 초등학교 1학년 때 있었던 일이다. 당시 우리 가족은 단독 주택에 살았는데, 대낮에 식칼 든 2인조 강도가 들어와서 우리 남매를 위협하고 이모를 때리곤 집안의 물건을 모두 털어간 사건이 있었다.

아직도 생생하다. 그 무서운 순간에도 이모는 "애들은 봐주세요."라고 소리치고 애원하며 울부짖고 계셨다. 강도의 폭행으로 비명을 지르면서도 말이다.

재밌었던 기억도 있는데, 시기가 정확하진 않다. 아무튼 새우

깡이 100원이던 시절이었다. 나는 새우깡을 사 먹고 싶을 때마다 이모에게 달려갔다. 그리곤 프러포즈하듯이 멋지게 한쪽 무릎을 꿇고 "100원만 주십시오."라고 정중히 말했다. 그러면 이모가 호호 웃으시며 내게 100원을 주셨다. 난 그 돈으로 새우깡 따위의 과자를 사 먹고는 세상을 다 가진 듯 좋아했다.

3년 전 이런 날이었다. 하늘이 노을로 슬픔을 토해내 마음마저 시렸던 겨울날의 초저녁, 이모의 별세 소식을 들었다.

뜨거웠던 그해 7월, 병원에 마지막 인사를 드리러 간 지 6개월 만이었다. 그 당시 말씀은 한마디도 못 하셨지만 우리 남매와 손을 꼬옥 잡고 눈물을 흘리셨다. 밖으론 어떤 소리도 낼 수 없으셨지만 울부짖는 소리는 내 마음속에 분명히 들렸다. 아마 마지막 만남이라는 것을 알고 계셨던 것 같다. 우리 남매도 그날만큼은 눈물을 참지 못했다.

병원에 다녀온 며칠 뒤, 나는 기다리고 기다리던 아내의 임신 소식을 들었다. 얘기를 듣던 그 순간 이게 왠지 이모가 준 선물이란 생각이 들었다. 한 달 뒤 나는 많은 걱정을 안고 브라질 리우로 출장을 떠나게 됐지만 모든 일을 잘 마치고 건강하게 돌아왔다. 여러 걱정거리도 모두 잘 해결이 됐다. 이 역시 이모 덕분이라 생각하며 두 번 세 번 감사했다.

빈소에 가기 전 이모가 보고 싶어 이모의 사진을 찾아봤다. 하지만 파일로 저장된 사진이 한 장도 없었다. 아마 성인이 되고 나서는 사진 한 장 함께 못 찍었기 때문일 거다. 죄송스러웠고 사랑을 받기만 했다는 생각에 후회가 밀려왔다.

사랑하는 사람을 떠나보내는 일이 부쩍 많아지고 있다. 이제 정말 시간이 없다는 생각이 자주 든다. 하루하루를 사랑하는 사람과 소중하게 보내자는 생각이 더 강하게 든다.

그 어떤 것과도 바꿀 수 없는 시간, 사랑하는 사람과의 시간은 유한하다. 지금 생각하는 그것이 무엇이든 더이상 미루지 말자. 그것을 할 수 없게 되는 순간은 생각보다 일찍 찾아오니까.

사랑할수록
떨어지는 연습이 필요하다

안아 주고 싶다.
하지만 그랬다가는 열은 더 오른다.

아이는 다시 안아 달라고 울며 보챈다.
아린 마음을 누르며 살짝 떨어져서 수건을 든다.

40도 넘는 고열이 지속될 때
부모는 시험대에 오르는 것 같다.
웬만한 다른 일들은 안아 주면 아이를 달랠 수 있다.
물론 이상적인 방법은 아니지만.

하지만 고열만큼은 다르다.

열은 딸에게 가까이 가지 말라는 경고 같다.
앞으로의 인생에서도 너무 가까이 있지 말고
적당한 거리에서 이 아이를 지켜 주라는 메시지.

계단을 내려갈 때 항상 손을 잡아 주고 싶지만

그랬다간 평생 계단 내려가는 법을
못 익힐지 모른다.
언젠가 손을 놓아야 하고,
넘어져 다쳤다는 소식을 들어 봐야 한다.

학교에서든 직장에서든 실패하는 걸 지켜봐야 한다.
일일이 지름길을 알려 준다면
입방아에 오르내리는
일부 정치인들의 자녀처럼 될 수도 있다.

남자아이에게 차여 슬퍼하는 모습도 지켜봐야 한다.
사랑하고, 아파하기도 하는 감정은 모두 소중한 것이기에
섣불리 끼어들었다가는 세상의 귀한 마음들을
다 알지 못할 수 있다.

살짝 떨어져 지켜보는 것이 가장 중요하다.
지금 내 무릎 옆에서
나를 만지고 있는 이 아이를 안아 주었다간
아마 더 아프게 될 거다.
계속 되된다.

떨어지자.
떨어지자.
조금씩 멀리서 지켜 주자.

떨어지기 연습.

벌써 마음 아프지만 계속 떨어지자.
눈물 한번 훔치고 참아 내자.

꾹.

그 한마디로
여기까지 올 수 있었습니다

초등학교 5학년, 미술 시간에 우유갑을 그리는 과제를 받았다. 흰색과 녹색으로 적당히 흉내 내 서울우유를 그려 냈다. 그리고 그걸 본 선생님의 말이 아직도 정확히 기억난다.

"야! 발로 그려도 그거보단 낫겠다."

그전까지는 미술 시간을 좋아하지도 싫어하지도 않았다. 주제가 주어지면 나름 열심히 그렸다. 내 실력이 모자란지 아닌지도 잘 몰랐기 때문에 큰 부담 없이 시간을 보낼 수 있었다.

하지만 그 한마디가 모든 것을 바꾸어놓았다. 그 뒤로 미술 시간은 공포의 시간이 되었고, 내가 그림을 못 그린다는 생각에 내내 부끄러움을 느꼈다. 학년이 올라갈수록 미술은 내게서 멀어져갔고, 마흔이 넘은 지금까지도 무엇 하나 제대로 그리지 못한다. 나는 미술에 소질이 없다고 생각하며 살아왔기에.

그때 그런 날 선 지적이 아닌 격려를 들었으면 어땠을까. 고흐나 피카소 같은 유명한 화가가 되지는 못했어도 그리는 걸 즐길 줄은 알지 않았을까.

딸과 함께 스케치북 앞에 앉으면 무얼 보여줘야 할지도 모르겠고 도무지 해 줄 수 있는 게 없어 미안하다.

한마디의 말이 인생을 뒤바꾸는 경우를 너무나도 많이 봐 왔다. 내가 오늘 누군가에게 무심코 내뱉은 한마디는 그 사람에게 어떤 의미가 될까. 무섭다. 그러기에 더 조심한다.

이왕이면 이런 이야기를 듣고 싶다. 그리고 나도 누군가에게 이 말을 꼭 해주고 싶다.

"당신이 해준 그 한마디 덕분에 여기까지 올 수 있었습니다. 고맙습니다."

이런 날
기억해준 사람

내게 쏟아지는 무관심을 당연하게 여기던 날들이 있었다. 마치 나는 조연처럼, 병풍처럼, 아웃 포커싱 된 사진의 일부분처럼 사는 게 당연했다.

'나는 원래 이런데 뭐.'
'날 알아 주는 사람은 없을 거야.'

자아비판의 나날이 이어졌고, 워낙 오랜 시간 지속된 일이라 당연하게 받아들이기도 했다. 크게 무너졌던 시기였기에 이런 날 알아봐 준 사람에 대한 고마움은 아직도 잊을 수가 없다.

고등학교 때의 나는 눈에 띄는 학생이 아니었다. 수업 때는 안 보이는 곳에 숨기 바빴고 반 활동에 그 어떠한 것도 잘 참여하지 않았다. 학교 종이 울리면 해 질 때까지 농구를 하고 집에 가면 혼자 라디오를 들었다. 주말이 되면 부모님의 눈을 피해 자리마다 전화기가 있는 카페에 가는 것으로 대부분의 시간을 보냈다.

선생님들은 나라는 학생을 알지 못했고 알 수도 없었다. 그도 그럴 것이 전교생이 2,500명쯤 됐고 한 학년이 15개의 반으로 구성되던 시절이었다. 한 반에는 무려 50명이 넘는 학생이 있었다.

당연히 고1, 고2 때의 담임 선생님은 내 이름을 알지도 못했다. 여러 업무로 바쁜 선생님들은 주로 반에서 성적 상위권의 학생들 혹은 맨날 사고 치는 학생들을 챙길 수밖에 없었다. 담임 선생님도 이름조차 기억하지 못하는 학생인데 그 어떤 선생님이 날 알 수 있을까. 사고를 치지도 않았고 성적은 평범했으며 이렇다 할 특기도 없었으니 눈에 띄지 않는 건 당연했다.

고3 여름 방학을 앞둔 무더운 날이었다. 0교시 수업이 끝나기 무섭게 이어폰을 꽂고 책상에 엎드려 자고 있는데 책상을 지휘봉으로 내려치는 소리와 함께 큰 목소리가 들려왔다.

"야! 김나진이!"

그렇게 큰 소리로 내 이름이 울려 퍼진 게 처음이라 잠이 확달아났다. 어리둥절하며 누가 날 불렀나 보고 있는데 다름 아닌 담임 선생님이었다. 자다 깨서 놀란 것보다 내 이름을 담임이 부른 게 더 충격적이었다. 한 학기 동안 그토록 조용하게 보냈는데 날 알고 있다니.

"잠이 오냐? 작년에 성적을 그렇게 개판 쳐놓고?"

심지어 내 성적도 알고 있다니.
아니. 그냥 던져 본 말인가?

그 시절 나는 어떤 계기도 찾지 못했고 그냥저냥 중요한 고3 기간을 날려 보내고 있었다. 반항심도 최고조에 달해 부모님은 물론이고 누구라도 날 건드리면 가만두지 않을 기세였다.

그런데 그 한마디의 힘은 놀라웠다. 선비는 자신을 알아봐 주는 사람에게 목숨을 바친다고 했던가. 내가 비록 선비는 아니지만 그 말이 100% 들어맞았다.

사실 그 선생님이 특별히 내게 잘해준 건 하나도 없었다. 그저 담임의 역할, 50명의 학생에게 해줄 수 있는 최소한의 것을 해주고 있었던 것뿐이다. 이 학생이 누군지 알아봐 주는 것. 하지만 나는 그 특별하지 않은 특별함에 감사했고 마음을 다잡을 수 있었다. 선생님을 마음으로 따르게 되었고 한마디 한마디에 집중했다. 선생님의 말씀에 집중하게 되니 공부도 다시 할 수 있었다. 떨어졌던 성적 전부는 아니었지만 절반 이상은 회복할 수 있었고 빠져나오지 못할 것 같았던 사춘기도 잘 극복했다.

졸업식 날 친구들과 마지막 사진을 남기며 이별의 시간을 만끽하고 있는데 뒤에서 크고 우렁찬 익숙한 목소리가 다시 들려왔다.

"야! 김나진이! 머리 좀 잘라라!"

그리곤 또 한마디를 덧붙이셨다.

"숨으면 모를 거 같지? 난 다 알아 인마. 그래도 마지막에 성적 올려서 다행이다. 잘했어."

당연히 지금 선생님은 나를 기억하지 못할 거다. 하지만 나는 선생님을 기억한다. 학창시절 통틀어 유일하게 추억하는 선생님. 다른 이유는 없다. 특출나지 못했던 나, 숨어 지냈던 나, 이런 나를 알아봐 준 사람이었기에.

나도 누군가를 알아봐 줄 수 있는 사람이 되고 싶다. 이름을 불러 주었을 때, 그제야 나에게로 와 꽃이 되었다는 저명한 시

구처럼

야, 너, 당신이 아니라
"야! 김나진이!"라고 이름을 불러 주며.

자신의 존재에 확신이 없는 이들에게 말해 주고 싶다. 아직 당신의 이름을 불러줄 사람을 만나지 못한 것뿐이라고. 언젠가 당신을 알아봐 주고 이름을 크게 불러줄 사람을 꼭 만나게 될 것이라고 말이다.

마음을 움직이는 말은
따뜻한 사람들에게서 나온다

최근 가장 큰 고민거리 중 하나는
마음 터놓고 이야기 나눌 멘토가 없다는 것이었다.

연말 시상식장에서 우연히 만난 모 방송국의 한 선배.

"최고가 되려면 재능과 노력이 잘 맞아 떨어져야 해.
그리고 끝에 가서 판가름나는 건 결국 노력이야.
그런 면에서 넌 정말 잘 나아가고 있는 거 같다."

"그런가 봐요. 제가 노력은 무지하게 하는데…
그러면 전 재능이 없나 봐요.
이 직업이 제게 맞는 걸까
수십 번도 더 고민했으니까요."
나의 대답에 일단 껄껄 웃고 나서 대답을 이어간 선배.

"푸하하하하하하-.
야, 그게 말이 되냐?

재능이 없었으면 넌 지금 여기 있지도 못했어."

몇 분 되지도 않는 시간 동안 짤막하게 대화를 주고받았을 뿐인데, 그 짧은 순간이 한 해의 그 어떤 이야기보다 가장 큰 위안과 위로, 격려가 됐다.

'움츠러들고 자존감이 떨어져 소심하게 내뱉은 너의 대답을 내가 격렬하게 부정해 줄게.'라는 뜻을 담은 그 웃음소리가 내 귓가에 오랫동안 맴돌며 지금도 나를 으쓱하게 해 준다.

사람의 마음을 움직이는 건 따뜻한 한마디다.
그리고 그 말은 사람이 한다.
따뜻한 사람들이.

'이 새끼'로
불리고 싶은 날   ◡◡◡

뉴스 진행 PD에게 날아온 카톡.

「앵커 님! 오늘 뉴스 진행하셔야 하는 거 아시죠? 30분 전까지 스탠바이 해 주세요!」

'앵커 님'이라는 단어가 참 어색하고 낯설다. 아마도 20대 후반의 조연출이 나를 부를 최적의 단어 여러 개를 떠올려 놓고 고민한 끝에 선택했을 거다. '아나운서 님'이라고 부르면 너무 길고, 그냥 '앵커'라고 부르면 예의 없이 느껴질 수 있다 생각했을 거 같다. 그렇다고 회사에서 오빠나 아저씨 같은 호칭을 쓸 수는 없으니 '앵커'에 '님'을 붙여 '앵커 님'.

다들 그렇겠지만 나라는 사람이 서 있는 곳에 따라 다양한 이름으로 불린다는 사실이 새삼 신기하다. 회사에서는 나진 선배, 나진 씨, 김 차장, 캐스터 님, 아나운서 님, 앵커 님, 형, 오빠 등이 되고, 집에 오면 여보, 오빠, 아빠, 형, 나진이, 아들 따위가 된다. 친구들 사이로 들어가면 조금 거칠어지는데, 야, 인마, 이 새끼, 너, 겐나지, 븅신 등이 주로 쓰인다. 물론 더 심한 호칭도 많지만 텍스트로 써보면 더 상스럽게 느껴지니 쓰지 않기로 한다.

사실 내가 가장 좋아하는 호칭은 '누나'다. '엄마'보다 조금 더 가까워서 그동안 숨겨온 나쁜 비밀을 털어놓아도 감싸 주며 용서해줄 것 같다. 단어 자체에서 따스함이 뿜뿜 뿜어져 나온다. 〈우리 누나〉, 〈큰 누나〉, 〈우리 누나 시집가던 날〉, 심지어 〈밥 잘 사주는 예쁜 누나〉까지, '누나'가 들어가는 책이나 드라마는 일단 느낌이 따뜻하고 포근하다.

누나가 없어 누나를 부를 일 없는 내가 이런 감정을 대신 주입하는 호칭은 '이 새끼'다.

"이 새끼… 놀고 자빠졌네."
"이 새끼 또 자냐?"

일단 쌍시옷 들어가는 심한 욕은 아니다. 그렇다고 아무에게나 할 수 있는 말도 아니다. '누나'처럼 가까운 사이에서만 할 수 있다. 그렇지 않으면 욕으로 돌변한다.

"그때 이 새끼 때문에 우리 학주한테 다 걸렸잖아!"

"취직하더니 이 새끼 완전 용 됐네."

"그래도 이 새끼 덕분에 그때 부모님 잘 모셨다."

술 마실 때 더 술술 나오는 이 호칭은 세월과 함께할 때 더욱 잘 어우러진다. 누나 손을 꼭 붙잡고 길을 건너던 장면을 추억하듯 과거를 떠올리며, 옛날부터 너와 나는 이렇게 많은 걸 함께해 왔다는 것을 은근슬쩍 비친다.

"힘내 이 새끼야. 그거 몇 번 떨어졌다고 주눅 들지 말고…."

"축하한다. 이 새끼. 나는 네가 잘될 줄 알았어."

삶의 중요한 문턱에서 듣는 '이 새끼'는 감정을 극한으로 끌어낸다. 잘못하면 누나가 호되게 야단치듯이, 혹은 어깨를 토닥토닥 해주며 위로해 주듯이 이 호칭과 함께 극한 슬픔과 극도의 기쁨을 함께 나눌 수 있다.

한 해의 모든 중계방송이 끝나는 날. 내년을 기약하며 한 해를 마무리하는 밤, 모든 것이 끝나고 해설 위원, 스태프 선후배들과 인사를 건넨다.

날 항상 '김 아나'로 부르는 허구연 해설 위원은 특유의 억양으로,

"기마나~ 올해도 수고했어요."

친하게 지내는 야구 담당 PD 선배는 담백하게

"나진아 고생했어~."

후배님들은 조근조근

"선배님. 진짜 수고 많으셨습니다."

중계차의 모 부장님은 호쾌하게

"김 차장. 잘했어! 좋네! 좋아! 내년에 보자고."

현장에서 빠져나와 집으로 향하는데 뭔가 아쉽다. 기분 좋고
후련하긴 한데 결정타가 아직 안 나온 느낌이다.

그래. 이런 날은 이 얘기를 들어야 하는데.

그것도 격렬한 등짝 스매싱과 함께.

"고생했어. (따악!) 이 새끼야!"

택배 문 앞에
두었읍니다

오늘도 '터엉' 하는 소리와 함께 현관 앞에 무언가 떨어진다. 몇 분 뒤 어김없이 문자 한 통이 날아온다.

「택배 문 앞에 두었읍니다.」

아주 어릴 때 '읍니다'가 '습니다'로 바뀐 기억이 났다. 찾아보니 1988년이다. 30년도 족히 넘은 옛날 일이다.

택배 아저씨의 말투에서 그의 30년, 그 이상이 느껴지는 건 이상한 일일까. 30년 넘게 자녀들만 바라보며 헌신하지 않았을까. 긴 세월 일만 하시느라 '읍니다', '습니다' 따위, 신경 쓰실 겨를도 없지 않으셨을까.

세월이 흘러가도 자신이 알고 있는 것만 그대로 하는 고집도 느껴진다. 그 고집으로 긴 세월을 묵묵히 버텨 오신 건 아닐까.

아무리 좋은 옷을 사드려도 허름하고 다 해진, 이제는 언제 샀는지 기억조차 안 나는 외투를 입으시는 아버지도 떠오른다. 집안 사정으로 학교 공부를 하지 못한 게 가장 한스럽다는 우리 어머니들도 자연스레 생각난다.

모두가 기다리는 명절이 지옥처럼 느껴지는 과중한 업무를 긴긴 시간 떠맡고 살아온 건 아닌지. 우리는 '빨리빨리'를 외치며 그분들을 더 옥죈 건 아닌지.

붙임성 없는 성격이지만 얼굴이라도 뵈면 용기 내어 음료수라도 한 병 드려야겠다. 더 용기 나면 항상 수고하신다는 말씀도 덧붙여서.

조폭 앞에서도
쫄지 않던 날 ⟲⟲⟲

영화 속 단골 캐릭터인 조직 폭력배. 줄여서 '조폭'. 조폭 앞에서 움츠러들지 않을 수 있는 사람이 몇이나 될까. 태권도 국가 대표나 복싱 챔피언쯤 되면 겁먹지 않을 수 있을까.

나처럼 겁 많은 사람도 조폭 앞에서 당당하게 나설 수 있는 날이 있다. 나 같이 깡 없는 사람들도 있는 깡 없는 깡 모두 끌어모아 어깨 펴고 당당하게 나설 수 있는 날이 분명히 있다. 그럴 수 있는 힘은 꼭 특별한 곳에서만 나오는 게 아니다. 바로 내 옆에 있는, 나와 지금 함께하고 있는 사람에게서 얻을 수 있다.

MBC 〈불만제로〉라는 프로그램을 진행하던 때 조직 폭력배 두목을 인터뷰한 적이 있었다. 일명 '홍보관'이라고 불리는 곳에서 불법 바가지 영업을 하던 일당이었는데, 그들의 수법은 이랬다. 판단력이 흐려진 어르신들을 한곳으로 유인해 모은 뒤, 이불이나 베개, 장판 같은 물건을 시중가의 서너 배도 넘는 가격으로 뻥튀기해서 판매했다. 혹여 사지 않는 어르신이 있으면 나가지 못하게 가둬 놓거나, 힘으로 밀어붙여 억지로 판매 동의 서류에 사인을 받아 내기도 했다. 어르신들에게 가난한 아들들 도와 달라며 무릎 꿇고 눈물로 호소하기도 하는 등 강매의 방식도 참 다양했다.

성남에 있는 한 건물에 일명 '홍보관'이 있다는 제보를 받은 우리 <불만제로>팀은 음침하기 짝이 없는 건물 지하로 내려가 조직 폭력배 일당과의 인터뷰를 시도했다.

말로만 듣던 조폭을 눈앞에서 만나니 순간 온몸이 얼어붙었다. 다리도 움직이지 않고, 입도 뻥긋하지 못하게 됐다. 너무 당황해서 연신 우왕좌왕할 뿐이었다. 결국 아무것도 하지 못하고 뒤를 돌아봤는데, 뒤에서 나를 보고 있는 우리 스태프들과 눈이 마주쳤다. 누군가는 비장한 표정으로 말없이 고개를 끄덕여주고, 누군가는 '나진 씨 힘내.'라고 속삭이듯이 말해 주었다. 상대를 향해 거친 언사를 쏟아 내는 선배도 있었다.

등 뒤에서 나만 바라보고 있는 사람들을 보자 순간 어디서 나왔는지 알 수 없는 무모한 용기가 쑥 올라왔다. 나는 주저하지 않고 조폭 두목을 향해 저돌적으로 마이크를 들이밀었다. 그 리듬에 맞춰 카메라 감독은 조폭 졸개들의 지속되는 위협에 굴하지 않고 어깨에 짊어지는 크나큰 ENG 카메라를 두목 쪽으로 향했다. 조명 감독은 휴대용 조명을 더 높이 들어 올려 조폭 일당 쪽으로 환한 빛을 비췄다. 메인 PD와 조연출도 겁먹지 않고 차분하게 취재를 시도했다.

조폭 일당의 저항은 거셌다. 몸싸움도 몇 차례 있었고 그 과정에서 생명의 위협을 느낀 순간들도 있었다. 다행히 폭력사태로 이어지지는 않았지만 '취재에 응해라.'라고 요구하는 우리 팀과 '냉큼 사라져라.'라는 조폭 일당의 거친 밀고 당기기는 한동안 지속되었다. 결국 관할 지역 공무원의 중재로 일촉즉발의 사태는 정리됐고, 우리 취재팀은 영상은 담지 못하고 목소리만 녹음하는데 만족한 채 철수 결정을 내렸다.

지하에서 머문 지 서너 시간쯤 됐을까. 지상으로 올라오니 스태프들도 나도 동시에 다 같이 큰 숨을 내뱉었다. 아마 안도의 한숨이 아니었나 싶다.

스타렉스에 몸을 싣고 회사로 돌아가며 제작진에게 한마디를 던졌다.

"우와. 아까 그 조폭 두목 진짜 무서웠어요. 역시 경험이 중요한가 봐요. 선배님들은 이런 거 익숙하셔서 그런지 다들 엄청 침착하시던데요? 그래도 선배님들 얼굴 보니 조금은 용기가 나더라고요. 덕분에 무사히 잘 넘겼어요. 감사합니다."

내 말이 끝나기가 무섭게 다들 기다렸다는 듯이 입을 열기 시작했다.

"난 얼어붙어서 한마디도 못하고 있던 건데…. 흐흐흐"

"나진 씨 등 뒤를 바라보니 나도 용기가 나더라. 덕분에 잘 마무리했어."

"그 사람 눈빛 피하느라고 혼났어. 조명 얼굴에 직접 쏘면 화낼까 봐 슬쩍 옆으로…."

"어휴~ 나는 그냥 나진 씨 뒤에 착 달라붙어 있었잖아. 고마워. 허허허."

회사 전체에서 졸병인 나도
누군가에게 용기를 심어줄 수 있구나.
사실 그것보다 우리가 함께 있었다는 것,
그저 혼자가 아닌 것만으로 없던 힘이 생겼던 것 같다.

지금 혼자가 아니라 누군가와 함께하고 있다면
절대 쫄지 말자.
두려움은 나만의 것이 아니다.
내 옆에 나와 나란히 하고 있는 사람 역시 마찬가지다.
내가 있어서 내 옆의 사람이, 내 옆의 사람이 있기에
내가 겁먹지 않고 나아갈 수 있다.

쫄지 말자.

서로의 뒷모습을 바라보며 움츠러든 어깨를 펴 보자.
서로가 뒤에 있음을 믿고
당당하게 나의 소리를 내어 보자.

언제나 내 편인 사람들

내가 처한 상황이 어떻든 항상 내 편에 서는 사람들,
언제나 나를 도와주는 사람들이 있다.

처음엔 잘 모르게, 은근슬쩍.
나중에 알게 돼도 자존심 상하지 않게.

멀쩡히 다니던 회사를 때려치우고
무기한 백수 시절에 돌입했을 때.
그 어떤 사람도 만나기가 싫었다.
스스로 너무나도 위축됐으니까.
사실 그 위축은 결국 경제적인 어려움이었다.
같이 밥을 먹어도, 술을 마셔도,
무엇을 해도 N 분의 1을 지불할 능력이 안 됐으니까.
그래도 오인방 모임,
한동네에 사는 고등학교 동창 친구들
다섯이 모일 때는 빠지지 않고 나갔다.

가장 가까운 친구들이기에
이 친구들마저 만나지 않을 거면
굳이 꿈이 왜 필요한가 싶기도 했으니까.

우리는 모두가 걸어서 집에 갈 수 있는 거리에 위치한
작은 꼬칫집에서 자주 모였다.
취업 준비한다고 담배를 끊은 나는
나머지 네 명의 친구들이 한 대 피우러 우르르 나갈 때
매번 자리를 지켰다.
그러는 사이 또 녀석들은
이런 저런 얘기를 나누고 들어왔다.

수군수군… 쑥덕쑥덕…

담배 피우는 사람들끼리 으레 나누는
쓰잘머리 없는 농담이겠거니 하며
무슨 얘기하나 굳이 신경 쓰지 않았는데,
회를 거듭할수록 무언가 이상했다.

꼭 계산하기 몇 분 전 즈음
녀석들은 담배를 피우러 나갔고,
다녀와서 막잔으로 한두 잔을 더 하면
꼭 오늘 쏘겠다는 놈이 나타나는 거다.

뭐 나 같은 백수야 그냥 땡큐였다.

왜 그리 계속 자기가 내겠다는 놈이
한 명씩 나타나는지 의식하지 않았다.
굳이 알 필요도 없었고.

하지만 자연스레,
아니 당연히,
어느 날 알게 되었다.

내가 왜 계산대를 유유히 그냥 빠져나갈 수 있었는지.
N 분의 1이 아니고 왜 한 놈이 산다고 그리 우겨댔는지.
그래도 혹시 모르니 한 장은 들고 가야지 생각하며
매일 주머니에 꾸겨 넣었던
그 만 원짜리가 왜 계속 추리닝 주머니에
남아 있을 수 있었는지.
친구들은 백수 기간 단 한 번도 내게
그 흔한 "돈 내"라는 말을 하지 않았다.
그렇게 백수 기간 거의 대부분을
오인방에게 얻어먹으며 사람에 대한 갈증을 풀었다.
다른 곳에서는 한없이 작아졌던 나도,
오인방과의 그 시간만큼은
높은 자존감으로 우뚝 서 있을 수 있었다.

그깟 돈이 문제가 아니었다.
내 자존심까지 배려한 친구들의 행동에

한없이 감사했다.

꿈을 이루는 순간
이놈들에게 보낼 문자를 미리 작성해 두었다.
그리고 꿈을 이룬 순간
저장된 텍스트를 꺼내어 지체 없이 문자를 전송했다.

그토록 보내고 싶었던
진심 어린 감사의 문자를.

「친구들아 고마워. 이런 날 위해 기꺼이.」

우리는 서로에게
작은 불씨를 지피며 살아간다

전혀 예상치 못한 장소, 뜻밖의 인물로부터 큰 응원을 받을 때
가 있다. 어려운 상황일수록, 스스로 파괴의 길을 자청하고 있
는 날일수록 효과는 크다. 갑작스레 찾아오는 응원과 격려는
힘겨운 나날에 치여 지쳐가는 나를 다시 일으켜 세워준다.

백수 6개월 차, 아나운서 시험을 준비하며 그저 하루하루를
버텨 내고 있던 때였다. 전 직장의 퇴직금으로 학원비와 생활
비를 쓰고 있었는데 그 돈이 바닥을 향해 가고 있었다. 어떻게
하면 조금이라도 돈을 벌 수 있을까 궁리하던 끝에 집 근처 독
서실 총무 자리를 구했다. 공부도 할 수 있고 얼마 안 되는 돈
벌이도 할 수 있기에 일석이조였다.

독서실 총무 알바 넉 달째가 되던 때였다. 한 인터넷 방송국에
서 아나운서를 구한다는 공고가 떴고, 망설이지 않고 지원해

합격했다. 방송 경험을 쌓을 소중한 기회였기에 총무 일은 그만두기로 결정했다. 후임자가 구해지기까지 2주 정도를 더 해주기로 독서실 사장과 약속을 했고 짧은 알바 생활을 잘 마무리하고 있었다.

학생 중에 붙임성이 좋은 고3 학생이 한 명 있었다. 인사도 잘하고 성실하게 항상 정해진 시간에 독서실에 잘 오고, 또 가끔은 친구들과 적당히 땡땡이도 치는, 평범한 여학생이었다. 하루는 그 학생이 다가와 말을 걸었다.

"인제 그만두신다면서요?"
"네, 일이 생겨서…."
"근데 뭐 하나 여쭤 봐도 돼요? 오빠는 무슨 일 하시는 거예요?"

고3 학생이 28살 아저씨에게 '오빠'라고 하다니 참 맹랑하다는 생각이 들었다. 대충 어림잡아도 열 살 차이는 날 텐데 '어쭈? 요 녀석 봐라.'라고 생각하며 대답했다.
"아…. 사실 제가 아나운서 시험 준비를 하거든요. 그런데 작은 방송국에 자리가 나서 거기로 가게 됐어요."

그러자 그 학생은 잠시 그 자리에서 서서 무언가를 골똘히 생각했다. 그러더니 지극히 평범한, 하지만 내게는 평생 잊지 못할 한마디를 던져줬다.

"오빠는 잘될 거 같아요. 제가 몇 달 동안 지켜봐 왔는데 오빠는 다른 사람과 뭔가 달라요. 음⋯. 잘 모르겠지만 아무튼 잘될 거예요."

참 기가 막힌 한마디였다. 서로 이름도 모르고, 제대로 된 대화라고는 이 대화가 전부였던 사이에 내던져진 그 한두 마디는 내게 파장이 컸다. 19살짜리 여학생이 아무런 근거 없이, 하지만 확신을 하고 예언하듯 던진 그 이야기는 던져진 그 순간 내게 큰 위로로 내려앉았다.

또한 떨어질 대로 떨어져 땅을 파고 지구의 핵을 향해 돌진하고 있던 내 자존감을 크게 회복시켜 주었다. '아무튼 잘될 거'라는 생뚱맞은 그 한마디는 불확실한 내 앞길에 긍정적인 신호의 스위치를 마구마구 올려주고 있었다. 사라진 자신감도 어느 정도 되찾을 수 있었다.

나는 고맙다는 인사를 건넸고 서로 덕담 몇 마디를 더 주고받았다. 그리고 그걸로 끝이었다. 그것이 그 소녀와 처음이자 마지막으로 나눈 제대로 된 대화였다.

다만 나는, 그 학생이 나가고 나서 이름을 다시 한 번 찾아봤다. 이름을 외우고 나서는 나중에 그 이름을 잊지 말아야지 다짐을 했다. 그리고 며칠 뒤 나는 독서실 총무를 그만두고 새로운 일에 뛰어들었다.

시간은 흘렀다. 나는 아나운서 시험에 극적으로 합격해 일에 열중하고 있었고 그때의 기억은 점차 사라져 갔다.

그리고 약 6년 즈음 지났을 때였다. MBC 아카데미 아나운서 과정 강의를 한참 나가던 시기였는데 그때 알게 된 한 수강생이 있었다. 스포츠 리포터로 활동하던 그 학생과 대화를 나누고 있었는데, 중간에 그 소녀 이야기가 갑자기 튀어나왔다. 그야말로 갑툭튀. 알고 봤더니 그때의 고마운 그 소녀가 그 수강생의 사촌 동생이었던 거다.

헐. 뭐 이런 일이 다 있냐. 세상 역시 참 좁다.

나는 어렵게 그 소녀의 SNS 계정을 알게 됐고 그때를 떠올리며 DM을 보냈다. 참 고마웠다고, 덕분에 용기를 얻었고 아나운서 시험에 합격할 수 있었다고 정성스레 메시지를 작성해 전송했다. 하지만 답장을 받지는 못했다. 이유는 알 수 없지만 그 소녀는 아마 나를 제대로 기억하지 못하는 게 아닐까. 내게 큰 파장을 일으킨 한마디를 던진 것도 인식하지 못할 공산이 컸다.

다시 시간이 흘렀다. 시간은 14년 가까이 흘렀지만 나는 아직도 그 소녀의 이름을 정확히 기억한다. 그리고 이따금 그 소녀의 SNS를 들른다.

그녀는 어느덧 30대 초반이 되었고 지금은 한 항공사의 승무원으로 일하고 있다. 여전히 내가 팔로우하고 있다는 사실을 모른 채, 한 사람에게 크나큰 계기를 만들어 준 것을 모른 채 살아가고 있는 것 같다.

이제 나는 그저 멀리서 그녀를 응원한다. 내게 주었던 그 선물, 내가 꿈으로 나아가는 단계에서 본의 아니게 지게 된 큰 빚을 언젠가 갚을 수 있을 날이 오길 기다리면서.

3년 전 즈음이었을까. 모르는 번호로 카톡이 날아왔다.

「선배님 안녕하세요. 이번에 모 방송국 아나운서 시험에 합격한 Y입니다. 선배님은 저를 기억하지 못하시겠지만 저는 이 순간이 너무나도 감격스럽습니다. 선배님이 합격하시고 나서 간담회 때 해주셨던 이야기들이 제게는 정말 큰 도움이 되었습니다. 이렇게 같은 아나운서로서 연락드릴 수 있다는 게 참 좋네요. 감사합니다.」

그의 말대로 전혀 기억나지 않았다. 내가 그에게 무슨 이야기를 해 줬는지, 심지어 누구인지도 떠오르지 않았다. 카톡의 프로필을 보고 짐작만 할 뿐이었다.

그래도 참 기뻤다. 나도 누군가에게 그 소녀 같은 존재가 된 거다. 거듭된 실패 앞에 한없이 작아졌던 나에게 한 소녀가 불쑥 나타나 나아갈 힘을 심어준 것처럼.

모든 사람에게 그 소녀가 있을 거다. 그리고 누구라도 언제든 그 소녀가 될 수 있다. 그 소녀가 날 기억하지 못하고, 나는 Y를 떠올리지 못했다고 해도,

우리는 언제나 서로의 인생에 관여하며 작은 불씨를 지피며 살아간다.

PART 4

이런 날
알아주는
이런 날

어차피 인생은
제로섬입니다만

대학 시절 내게 수업은 아무 의미가 없었다. 교양 수업은 고등학교 수업 시간을 다시 반복하는 것 같았고 전공 수업은 복잡한 공식과 따분한 숫자들을 만나는 인생의 낭비 같았다. 머릿속엔 온통 이 생각뿐이었다. '어떻게 하면 수업 중간에 나갈 수 있을까.'

미래, 비전, 꿈, 목표 같은 단어들은 떠올려 본 적도 없었다. 누군가 당시의 나에게 "넌 꿈이 뭐니?"라고 물었다면, 그때의 나는 아마 "그게 뭔가요? 먹는 건가요? 꼭 필요한 건가요?"라고 답했을 것 같다. 그런 걸 생각해 본 적도, 필요하다고 느낀 적도 없었다.

공강 시간이 생기면 PC방에 가고, 게임을 한참 한 뒤에도 시간이 남으면 학교 근처 명동으로 넘어가 놀 거리를 찾았다. 그래도 시간이 남으면 학교 잔디밭에 돗자리를 깔고 낮술 한판을 벌였다. 그러다 취하면 잠이 들었다. 깨고 나서도 또 뭘 하며 시간을 때울지 고민했다. 그렇게 놀고먹다 지치면 다음 수업을 살포시 외면하며 집으로 향했다. 집에 와서도 크게 다르지 않았다. 먹고 자고 놀고의 3종 세트를 반복했다.

대학을 졸업하고 사회인이 되고 나니 후회가 밀려왔다. '나는 왜 그런 헛된 시간을 보냈을까.' '그때 그 시간이 너무나도 아깝다.'라고 생각하며 말이다.

하지만 시간이 더 흐른 지금은 생각이 다시 바뀌게 됐다. 아무 것도 안 하고 무엇도 꿈꾸지 않고 멍 때리고 놀고먹기만 하던 그 시간들은 우리가 반드시 거쳐야 하는 필수 시간이자 잉여 시간이었다. 인생을 대학 수업에 빗대어 본다면 그 잉여시간은 교양 필수쯤 되겠다.

어차피 인생은 제로섬. 나이가 들어갈수록 인생은 온통 할 일로 가득 차게 된다. 젊은 시절에 잠시 실컷 놀고먹는다 해도, 머지않은 시기에 인생 총 할 일의 평균치를 넘어서게 된다. 일로 가득한 인생이 조만간 찾아온다.

잉여 시간도 훗날 큰 역할을 **한다**. 허무하게 날려버린 시간이 있기에 후회할 수 있다. 일분일초가 아까운 귀한 존재들을 펑펑 써대며 낭비했기에 만회하기 위해 두 배, 아니 열 배 이상의 노력을 쏟을 수 있다.

나처럼 마흔을 넘긴 나이에 잉여 시간이 찾아온다면 어떻게 될까. 아마 인생을 되돌리기 힘들 수도 있겠다. 평생 가난에 시달릴 수 있고 최악의 경우 가정이 파탄 날 수도 있다.

하지만 가정을 돌봐야 하는 책임이 없고, 경제 활동을 반드시 해야 하는 부담이 없는 시절엔 잉여 시간을 마음껏 쓴다 해도 인생 재설계를 위한 시간은 충분하다.

물론 인생의 잉여 시간이 너무 길어 넘치는 것보다 잠깐의 방황으로 끝나는 편이 좋긴 하겠다. 하지만 그렇다고 해서 길게 방황하는 것이 무조건 나쁜 게 아니라는 거다. 인생의 슬럼프를 오래 겪은 사람이 결국 더 높이 날아오르는 것을 주변에서 참 많이 봐 왔다.

잉여 시간에 푹 빠져 있는 동안에는 시간을 펑펑 쓰고 있다는 생각조차 나지 않는다. 잉여 시간을 보내다 문득 시간을 너무 낭비하는 것 같다는 생각이 들기 시작했다면, 그건 잉여 시간이 얼마 남지 않았음을 의미한다. 이 생각이 찾아오기 시작했다면 이제 슬슬 날아오를 준비를 하면 된다. 이때부터 후회와 걱정을 슬슬 시작하면 된다.

내게 잉여 시간이 이미 찾아왔다면 그건 어쩔 수 없는 일이다. 발버둥 칠수록 더 빠져나오기 힘들어질 수 있다. '지금 아무것도 하고 있지 않지만 더 격렬하게 아무것도 하고 있지 않고 싶다.'라는 우스갯소리처럼 그 시간을 그냥 있는 그대로 받아들여 보자.

후회는 그 이후에 내게 떨어지는 몫이다. *지나간 잉여 시간을 돌아보며 얻게 되는 후회와 각성은 우리를 더 앞으로 나아가게 해줄 거다.*

그때부터 인생의 질주가 시작된다. 지난 잉여 시간은 밟고 더 높이 어디든 올라설 수 있는 훌륭한 발판이 돼 있을 거다.

이런 날을
기다리는 방법

꿈이 이루어지는 순간. 상상이 현실이 되는, 그토록 바라던 날은 언젠가 찾아온다. 우리는 인생에 하루 있을까 말까 한 이런 날을 맞이하기 위한 준비를 해야 한다. 내가 이런 날을 준비하는 방법은 하나였다.

상상하고 상상하고 또 상상하는 것. 특히 자기 전엔 빠지지 않고 떠올렸다. 상상은 구체적일수록 좋다.

모르는 번호로 한 통의 전화가 걸려온다. 그리고 활기찬 목소리로 면접에 합격했다는 소식이 들려온다. 나는 내 주민등록번호를 대며 나 맞냐고, 동명이인이 아니냐고 묻는다. 기쁨의 눈물을 흘리며 부모님께 바로 전화를 드리고 집으로 향한다. 누가 먼저랄 것도 없다. 현관문을 열자마자 서로 부둥켜안으며 기쁨의 눈물을 흘린다. 친구들에게 다 응원해준 너희 덕이라며 합격 소식을 담은 메시지를 보낸다.

행복한 상상과 함께 잠이 들고, 일어나면 다시 현실과 싸우러 나갔다. 합격하면 친구들에게 보내려 미리 작성해 둔 감사 문구는 지칠 때마다 꺼내어 보고 또 봤다.

실패의 무게를 이겨내지 못하며 다 때려치우고 싶어 잠적할 때도 있었고, 아무것도 안 하고 집에 틀어박혀 자포자기하던 기간도 있었다. 그러면서도 유일하게 쉬지 않은 것이 있었다.

바로 꿈을 꾸는 일.
꿈이 이루어지는 순간을 상상하는 일.

나의 거듭된 상상이 나를 합격에 가까운 곳으로 인도해주었다는 것에는 의심이 없다.

새로운 꿈이 생긴 요즘엔 하나를 더 추가했다. 꿈을 이루게 되면 이야기할 소감을 말해 보는 것이다. 입 밖으로 소리 내서 말이다. 그것도 자주, 크게. (물론 혼자 있을 때만.)

"남은 인생에서 오늘처럼 설레고 가슴 뛰는 날이 딱 하루만이라도 더 있다면 더이상 바랄 게 없습니다. 저는 참 행운아입니다. 다시는 오지 않을 것 같은 이런 날이 제 인생에 다시 한 번 찾아왔으니까요."

매일 곱씹는 이 말은 이제 언제 해 볼 수 있을지. 언제일지는 알 수 없지만 이렇게 상상한다면 반드시 이루게 될 것이라 믿는다. 그렇기에 다시 준비하고 기다려 본다.

상상하면 할수록 그 꿈과 가까워지고.
글로 써 보면 곧 다가오게 되고
말을 하면 현실이 된다.

무언가 바라는 것이 있다면, 반드시 이루고 싶은 꿈이 있다면, 결과를 마음껏 상상하고 염원해 보자. 그 꿈을 이루고 나서 할 소감도 구체적으로, 미리 멋들어지게 말해 보자. *마지막 순간까지 성공을 상상하는 일을 멈추지 말자.*

그러면 어느새 기다리던 날은 내 곁에 성큼 다가와 있을 것이다.

바닥을 치는 순간 후엔
올라갈 일만 남았다

누구에게나 바닥을 치는 순간이 있다. 모든 것이 엉망으로 변해버리는 시기다. 하는 일마다 어긋나기 일쑤고, 안 돼도 어떻게 이렇게 안 될 수 있을까 싶을 정도로 온갖 악재가 한꺼번에 쏟아진다. 내 주위의 모든 것들이 나를 외면하는 가혹한 순간은 적어도 한 번쯤 꼭 찾아오기 마련이다.

유난히 뜨거웠던 한여름이었다. 막내가 재수 학원에서 눈병을 옮아왔다. 그 유명한 아폴로 눈병은 막내와 한방을 쓰는 내게 가장 먼저 손길을 뻗쳤고, 화장실을 공유하는 여동생과 아버지에게 차례차례 옮아가며 우리집을 집어삼켰다. 신기하게도 어머니만 눈병에 걸리지 않으셨는데, 그 탓에 어머니는 일주일도 넘게 나머지 네 식구의 온갖 수발을 다 드셔야 했다.

당시 집안 형편이 어려워지며 쫓겨나듯 이사 온 우리 가족은 참 힘든 나날을 보내고 있었다.

30년 가까이 살아온 정든 곳을 떠나 새로운 지역에서의 삶에 적응하지 못하는 것은 물론이었고, 아버지의 일도 어려움을 겪던 시기였다. 장남인 나는 멀쩡히 잘 다니던 회사를 때려치우며 백수를 자청했고, 꿈이라는 이름으로 그럴듯하게 포장된 고생을 사서 하고 있었다. 여동생은 대학을 세 군데나 옮겨 다니다 화려한 피날레로 고시생 신분이 됐고, 남동생은 재수생이었다. 집안에 멀쩡한 사람이 하나도 없었다.

우리 가족 다섯 명 중 경제 활동을 하는 사람, 즉 돈 버는 사람은 한 명도 없었고, 심지어 네 명이나 눈병에 걸렸다. 뜨거운 여름, 가족 모두가 월화수목금토일 내내 집안에 드러누워 있으니 영화 〈기생충〉의 한 컷으로 끼워 넣어도 손색이 없는 장면이었다.

그야말로 바닥, 가족 모두 바닥을 치던 날이었다. 다행스러웠던 건 긍정적 마인드 하나는 1등이던 가족이다 보니, 우리는 그 일주일을 허허 웃으며 보냈다. 이것도 다 추억이 될 거라고, 지금이 바닥이 분명하다며 위안으로 삼았다.

어머니를 제외한 가족 모두가 하루 24시간 곱하기 1주일+α, 약

200시간 가까이 라디오만 들으며 눈을 감은 채로 지냈다. 일 가족 눈병 투병기를 라디오 프로그램에 사연으로 보내자는 의견, 눈병 걸린 다섯 가족의 모습을 기념사진으로 남겨놓자는 아이디어 등이 오갔지만, 그것들을 실행에 옮기진 못했다. 불행인지 다행인지 이야기가 나오던 중간중간 완치자가 한 명씩 나왔기 때문이었다.

정말 바닥이었다. 집안 구석을 아무리 보아도 더 내려갈 곳이 없었다. 땅 밑으로 파고 들어가는 건 아닌가 걱정도 했지만, 땅을 팔 힘조차 없었다.

가족들이 눈병에서 모두 완치되자 분위기가 바뀌기 시작했다. 현실은 그대로였지만 확실히 좋은 쪽으로 방향이 바뀌고 있다는 걸 느낄 수 있었다. 큰 흐름이 바뀌기 시작한 거다.

우리는 그렇게 바닥을 딛고, 조금씩 기어올라 가기 시작했다. 차츰 상황이 좋아졌다. 지독했던 그해 여름이 그렇게 지나가고 겨울이 오자 하나둘씩 잭팟을 터트리기 시작했다.

첫 테이프는 내가 먼저 끊었다. 드디어 아나운서라는 꿈을 이뤄냈다. 여동생도 시험에 합격했고 아버지는 늘 그랬듯 다시 한 번 역경을 이겨내셨다. 마지막으로 막내가 재수에 성공, 원하던 대학에 가게 되었다.

"그때 눈병을 누가 제일 먼저 옮아왔었지? 막내였나? 아빠였나? 누구였지?"

"나 진짜 서러웠잖아. 우리 집 이대로 그냥 망하는 줄 알고… 하하하."

우리 가족은 그 무더웠던 여름의 병든 집을 종종 추억한다. 이제는 흐뭇하게 웃으며 그 한여름의 아수라장, 지옥, 전쟁터를 다시 떠올린다.

확실하게 바닥을 치던 날이었다. 바닥이란 걸 알았기 때문에 웃을 수 있었다.

지금이 바닥을 치는 순간이라면, 이젠 웃으며 일어서자. 올라갈 일만 남은 거다. 최소한 더 내려갈 곳은 없다.

비워내고 털어낸 자리에는 새 희망이 들어선다

인생의 패배자가 된 것 같은 날. 내 꿈은 영원히 이루어지지 않을 거란 생각이 머릿속을 지배하는 날. 감당할 수 있는 용량이 꽉 차서 더는 그 무엇도 받아들이기 힘든 날. 그동안 참고 참아왔던 것들이 한데 모여 한꺼번에 대폭발을 일으키는 날. 더이상 주체되지 않는 통제 불능의 날이다.

13년 전 늦가을, MBC 최종 면접을 며칠 앞둔 시점이었다. 날은 싸늘했고 내 마음은 시리다 못해 아리기까지 했다. 내 상황은 스산한 날씨보다 더더욱 암울했다. '28살, 곧 29살인 건 비밀. 평범한 대학 졸업, 인사 담당자 경력 1년 6개월. 어학연수 경험 전무. 현재 백수', 내가 이력서에 겨우 채울 수 있었던 가볍디가벼운 몇 개의 스펙이었다. 활자의 무게조차 거의 느껴지지 않는 가벼운 이력으로 아나운서 시험에 도전했고, 첫 6개월 동안 단 한 번도 1차 면접을 통과하지 못했다. 시험에 떨어질 때마다 극심한 패배감에 시달렸고, 꿈은 점점 더 멀어져만 가는 것 같았다.

조그만 인터넷 방송국에서 아르바이트를 시작하며 반전이 생기기 시작했다. 방송 경험이 조금씩 쌓이며 1차 시험에 붙는 일이 제법 늘어났다. 아나운서 시험 준비 1년 만에 최종 면접 진출이라는 경사도 찾아왔다. 하지만 처음으로 마지막 관문까지 올라간 경마장 아나운서 최종 시험의 결과는 별반 다르지 않았다. 이후 크고 작은 방송사 열 곳의 최종 면접에서 보기 좋게 떨어졌다.

그렇게 되니 남은 곳은 MBC 하나뿐이었다. 그해 마지막이자 11번째 최종 면접이었다. 그 당시의 나는 '최종맨'으로 불렸다. 최종 시험까지는 어찌어찌 올라가지만 마지막엔 결국 떨어지는 사람, '최종맨'. 최종 시험까지 여러 번 올라가면 뭐하나. 선발되지 않으면 그냥 아무것도 아니었다. 모든 걸 다시 처음부터 해야 했다. 리셋, 다시 출발선으로.

MBC 최종 면접을 앞두고는 참 많은 생각이 들었다. 또 떨어지면 어떻게 해야 하나. 한 군데 떨어지면 다음 시험을 준비하며 탈락의 아픔을 잊었는데, 이제는 시험 볼 곳조차도 없구나.

방송국이 아닌 일반 직장 준비를 해야 하나. 지난 1년 6개월은 나에게 무엇이었나. 처음으로 가져 본 꿈이라는 녀석은 결국 희망 고문이었구나.

그렇게 어느덧 최종 면접 3일 전이 됐다. 평소 존경하던 선생님과 면접 대비 연습을 했다. 카메라의 빨간 불이 들어왔고 질문과 대답을 주고받았다. 그러다 선생님은 다시 가벼운 질문 하나를 던졌다. "지금까지 가장 힘들었던 순간이 언제인가요?"

참 묘한 순간이었다. 그 평범한 하나의 질문에 순간 모든 말문이 막혔다. 내가 무슨 얘기를 하려 했는지 전혀 기억이 나지 않는다. 하지만 대답을 이어가려다 나의 모든 것이 밖으로 나왔던 것만은 정확히 생각난다.

맥락 없는 눈물이 계속 흘러내렸다. 그냥 운 것이 아니었다. 엉엉 소리를 내며 울기 시작했다. 그야말로 대성통곡. 곡소리를 내듯 아주 슬프게, 참 많은 것이 담겨있던 눈물 같다. 5분 남짓 됐을까. 카메라의 빨간 불이 보였다. 아나운서 되겠다는 사람이 이렇게 감정 조절을 못하면 안 된다는 생각에 마음을 다잡았다. 하지만 아무것도 소용없었다. 결국 연습은 그대로 끝이 났다.

후련했다. 그 잠깐 동안 엄마 품에 안겨 울던 꼬마로 돌아간 것 같았다. 얼마 만에 모든 걸 내려놓고 무장 해제가 된 것인지, 그럴 수 있었다는 사실이 통쾌했다. 창피함도 없었다. 모든 상황이 녹화돼 있으니 훗날 누가 이 영상을 볼 수도 있겠다는 생각이 들었지만 전혀 개의치 않았다.

곪고 곪아서 터져 나온 그 응어리는 내 안의 온갖 불순물들을 끄집어내 준 것 같았다. 남은 기회가 이제 한 번밖에 없다는 매몰찬 현실도, 이번에도 실패하면 꿈을 접어야 할지도 모른다는 절망적인 상황도 모두 분출해 버린 것 같았다.

울음을 다 그치고 진정이 된 후에 집으로 돌아가려는데 선생님이 내게 말했다. "나진이한테 뭐가 있을 거 같다." 그 '뭐'가 뭔지 그때는 몰랐다. 하지만 나는 그 '뭐'가 뭔지 몇 주 뒤에 알게 되었다.

하루쯤은 내 안에 쌓인 모든 것을 쏟아 버려야 할 때가 있다. 그러고 나면 묘하게 차분해진다. 차분해지면 쓸데없는 긴장을 하지 않게 된다. 필요 없는 망상들을 걷어낼 수 있고 오롯이 나에게 집중할 수 있게 된다. 나에게 집중하면 내 모든 역량을 발휘할 수 있게 된다.

꿈으로 향하는 길에 두려움과 걱정이 없는 사람은 없다. 하지만 조금 더 잘 털어내는 사람은 분명히 있다. 내 상황이 비록 보잘것없는 찌꺼기 같을지라도 조금은 털어낼 수 있다.

비우고 털고 분출하자.
우리가 가지고 있는 응어리가 무엇이든.
그러면 그 자리에 들어선다.
새로운 희망이.

인생에서 버릴 날은
단 하루도 없다 ⟲⟲⟲

인생 첫 직장에서 내 직무는 인사 담당자였다. 채용의 전반적인 업무를 처리하는 일이었다. 처음엔 일이 참 재밌었다. 첫 사회생활에 의욕도 넘치고 도전 의식도 생겼다. 무엇이든 열심히 하고 잘하고 싶었다. 인정받고 싶었다.

하지만 대한민국 직장은 그리 만만한 곳이 아니었다. 보수적인 기업 문화와 삭막한 일터 분위기에 적응하기 참 쉽지 않았다. 하루하루가 고달팠다. 그토록 원하던 취업에 성공했지만, 진정으로 꿈꾸던 곳이 아니었기에 매일 벌 받는 느낌이었다. 아침에 일어나 끌려가듯 출근하고, 무조건 윗사람이 시키는 대로할 수밖에 없는 생활이 점점 버거워졌다.

고역이 따로 없었다. 무기력하고 무의미하다는 생각이 들었다. 무엇보다 시간이 아까웠다. 이렇게 내 인생을 낭비해도 되는 것일까 하는 생각이 가장 앞섰다. 결국 1년 6개월 만에 사직서를 냈다. 스스로 그 1년 6개월을 '버려진 시간', '잃어버린 1년 6개월' 등이라 표현하며 아까워만 했다.

2007년 MBC 아나운서 공채 4차 합숙 면접은 양주에 있는 MBC 연수원에서 치러졌다. 지원자들은 하루 동안 3분 스피치, 토론 면접, 인터뷰와 돌발 면접 등 총 다섯 개의 과제를 수행했다.

그중 토론 면접은 두 가지로 구성됐다. 하나는 '무인도에서 살아남으려면 가장 필요한 세 가지는 무엇인가.'라는 가벼운 주제에 관한 토론이었고, 또 다른 하나는 장애인 고용에 대한 다소 무거운 토론이었다. 그런데 이럴 수가. 그 장애인 고용 문제는 내가 인사 담당자로 근무하던 당시의 내 담당 업무였던 것이다.

기업은 그 규모에 따라 임직원 수의 특정 비율만큼을 장애인 고용에 힘써야 하고 불이행 시 매년 벌금을 내는 법규가 있다. 나는 전 직장에서 그 비용을 처리하는 담당자였고 그 토론에서 다른 지원자들보다 훨씬 더 많은 팩트를 알고 있었다. 토론은 내게 유리할 수밖에 없었다. 누구보다 자신감 있게 임했고 점수도 잘 받을 수 있었다.

참 신기하다 못해 기묘했다. 그저 버린 시간이라고 생각했던 전 직장의 경험을 MBC 시험장에서 마주하다니. 그것 하나로 1년 6개월을 보상받기에 충분했다. 물론 행운이었지만, 그 행운이란 게 잘 살아간 자에게 돌아오는 것 같아 기뻤다.

MBC 전형을 치르는 넉 달 동안 이런 일들이 내게 우수수 쏟아졌다. 그냥 스쳐 보낸다고 생각했던 시간이 한꺼번에 보상을 내려주는 것 같았다. 내게 '그동안 고생했으니 이 정도는 받을 자격 있어.'라고 말하는 것 같았다.

공채가 시작되기 전 기분 전환 삼아 봤던 공연이 있었다. 시한부 인생을 사는 코미디언의 이야기였는데, 그 공연을 보고 몇 주 뒤 MBC 2차 필기시험장에서 소름이 돋았다. 작문 시험의 주제가 '내가 3일 뒤 죽게 된다면 무엇을 할 것인가.'였다. 나중에 안 사실이지만 나는 작문 시험을 최상위권 성적으로 통과했다. 스트레스 해소를 위해 하던 뮤지컬 공연팀 경험은 3차 면접에서 인재개발국장이 면접관으로 들어오며 시너지가 폭발했다. 알고 보니 그 국장은 사내에서 소문난 뮤지컬 마니아였다.

MBC 〈100분 토론〉 시민 논객 활동은 4차 면접관이었던 당시 아나운서국장과 죽이 잘 맞아떨어졌다. 당시 아나운서국장은 시사, 토론 프로그램의 대가였고 시민 논객 활동에 대해 이야기하는 걸 좋아했다.

우리는 지금 하고 있는 일들에 대해 *끊임없는 의심*을 가지고 살아간다. 지금 내가 몰두하는 이 시간이 나에게 정말 도움이 될 것인가. 과연 내가 걷고 있는 이 길이 나에게 맞는 길일까. 괜한 일에 내 에너지를 쏟고 있는 건 아닐까.

걱정하지 말자.
우리의 인생에서 버릴 날은 단 하루도 없다.
오늘 하루를 그저 버텨 내며 살았다고 해도,
오늘 하루가 아무 의미 없이 소진만 된 것 같아도,
의미 없는 날은 없다.
버릴 날은 없다.
그날들은 언젠간 내게 반드시 돌아와 준다.

운명의 파트너를
만나는 일

꿈을 위한 도전을 시작했지만 초보 백수는 취업 준비생들 사이에서도 외면받았다. 방송사 입사 시험을 위한 스터디 모임에 여러 차례 지원했지만 떨어지기 일쑤였다. 정식 시험도 아닌 스터디 지원에서도 탈락하니 우울하기만 했다. 몇 차례 고배를 더 마신 나는 결국 스터디 모임을 직접 만들겠다는 생각을 하게 됐고, 나 같은 초짜들을 모으기 시작했다.

가장 먼저 연락이 온 사람이 J였다. 그는 나와 모든 상황이 비슷했다. 우리는 같은 학번이었고 똑같이 멀쩡히 잘 다니던 회사를 때려치웠으며, 아나운서가 아니면 안 된다는 절박함, 끝까지 해보겠다는 의지, 활활 타오르는 열정 등 여러 면에서 온도가 비슷했다.

의기투합한 우리는 전국 팔도를 떠돌며 함께 시험을 보러 다녔다. 떨어질 때도 혼자가 아닌 동반 탈락이었기 때문에 외롭지 않았다. 같이 공부하던 스터디 멤버들이 떠나가도 우리 둘은 남아 다시 멤버들을 모았다. 그야말로 끝장을 볼 생각으로 계속 나아갔다. 가족이나 여자 친구보다 우리 둘이 보낸 시간이 훨씬 더 많았다. 우리는 무얼 하든 함께였다.

작은 인터넷 방송국에 J가 먼저 취업을 했다. 그리고 뒤늦게 나 역시 같은 곳에 합격했다. 우리는 시험도 함께 보고 일도 함께 하며 더 큰 꿈을 준비했다.

다음엔 내가 먼저 합격 소식을 알렸다. 그리고 몇 달 뒤 J도 내게 기쁜 소식을 들려주었다. 우리는 1년 반이 넘는 긴 백수의 터널을 함께 통과했고 매 순간 옆에 있었다.

연일 고된 나날을 보내던 중 하루는 진하게 한잔한 적이 있었는데, 그때 J는 내게 이렇게 말했다.

"나진아, 매년 연말이 되면 각 회사의 아나운서들이 한자리에 모이는 아나운서 대회라는 게 있나 봐. 만약 우리가 거기서 만나게 된다면, 지금을 떠올리며 그때의 우리는 틀리지 않았다고 추억할 수 있을 거 같아."

나는 J 덕분에 내가 가는 길이 틀리지 않다는 것을 확인하면서 갈 수 있었다. 불확실성만이 가득한 백수의 세상에서 내가 제대로, 맞는 방향으로 달리고 있다는 걸 확인할 수 있다는 건 너무나도 큰 선물이었다. J 역시 나를 보면서 제대로 가고 있는지 확인하며 나아갔다.

함께 꿈을 이루고 나서는 이런 이야기를 나눴다.

"네가 아니었으면 지금의 나도 없었을 거 같아. 네가 떨어지는 걸 볼 때마다 내가 실패한 것 같았고, 네가 합격했을 땐 내가 해낸 것 같았거든. 그리고 운명이 나를 선택하지 않는다면 너에게 손을 내밀어 주길 간절히 바랐어."

함께 어깨동무하고 같은 꿈을 꾸는 친구가 있다는 것은 너무나 큰 행운이었다. 때로는 격려와 위로를 주고받고, 때로는 경쟁하며 내가 꾸는 꿈을 더 확실하게 다질 수 있었다.

누구나 혼자가 버거운 순간이 찾아온다. 무엇이든 함께할 수 있는 운명의 파트너를 찾아보자. 그런 사람을 만나는 일은 길을 잃지 않고 꿈을 향해 나아갈 수 있는 가장 확실한 방법 중의 하나다.

선택의 날

인생은 B(Birth)와 D(Death) 사이의 C(Choice)이다.

잘 알려진 이 문구처럼 나서부터 죽을 때까지 우리는 무수한 선택을 하게 된다. 오늘 무슨 옷을 입을지와 같은 아주 사소한 것부터 누구와 결혼을 하고 어떤 집에 살며 무슨 일을 하며 살지 같은 중요한 선택까지. 끊임없이 선택의 순간이 찾아온다.

오늘 아침 메뉴로 무얼 골랐는지조차 기억나지 않을 만큼 무수한 선택이 우리를 스쳐 지나가지만, 결정적 순간 결정적 선택은 우리 인생의 큰 분기점을 만들어 낸다.

내게도 찾아왔던 그날, 잊을 수 없는 선택의 순간은 나를 더욱 자라게 해주었다.

취업 준비생에게는 단 한 번의 면접 기회가 절실하다. 수십 군데 회사에 지원을 해도 대부분 서류 전형에서 탈락하기 때문에, 면접에 불러주는 곳은 참으로 감사한 곳이다. 서류 심사에서 나를 합격시켜주는 것도 모자라 면접비까지 줘가며 나를 오라 하는 그런 회사에는 영혼까지 내다 팔 준비마저 하게 된다.

그런 소중한 면접의 기회가 하루에 몰린 날이 있었다. 두 곳도 아닌 세 회사의 면접이 한꺼번에 겹친 것이다. 면접 장소도 서울 여의도, 경기도 양평, 전북 전주로 각각 달랐다. 하필 시간도 모두 아침이어서 한 곳에 들러 시험을 보고 다른 시험 장소로 향한다는 건 몸이 두 개가 아니고서야 불가능한 일이었다. 결국 단 한 곳을 선택해야 할 수밖에 없는 상황이었다.

각각의 면접 차수도 달랐다. 방송사 아나운서 시험은 대개 5차까지 치러지는데, KBS는 1차 카메라 테스트였고 OBS는 4차 합숙 면접이었다. 전주 MBC는 최종 면접이었다.

MBC 다음으로 최고의 방송사였던 KBS를 포기할 수는 없었다. 모기업의 대대적인 투자를 발표하며 기대감이 높아졌던 OBS 역시 외면할 수 없었다. 마지막 하나의 관문만 더 넘으면 아나운서의 꿈을 이룰 수 있는 전주 MBC 또한 포기하기 쉽지 않았다.

마침 함께 시험을 보러 다니며 늘 같이 떨어지던 동생 L로부터 전화가 왔다. 쉽게 답을 내리지 못하는 건 L도 마찬가지였다. KBS 1차 카메라 테스트와 전주 MBC 최종 면접 중 어디를 가야 할지 모르겠다는 것이었다.

둘이 통화를 한다고 뾰족한 수가 나올 리 없었다. 우리는 어쩔 수 없이 가야 할 단 한 곳을 선택해야만 했다. 계속 이야기를 나누다 우리는 결단을 내렸고, 서로를 응원해주며 전화를 끊었다.

다음날 나는 OBS 합숙 면접으로 향했고 L은 전주로 내려갔다. 그리고 나는 다시 한 번 큰 좌절을 맛보았다. 하지만 이전에 겪은 좌절과는 많이 달랐다. 한 번도 얻기 힘든 소중한 기회를 세 번이나 한꺼번에 날려 보내며 훨씬 더 성장하게 됐다. 일희일비하지 않게 되며 더 크게 볼 수 있는 시야와 안목을 갖게 되었다. 앞으로 어떤 순간이 와도 내 선택을 후회하지 않을 자신감도 얻을 수 있었다. 실패를 두려워하지 않는 용기도 생겨났다.

물론 당시엔 지옥 같았다. 세 번의 기회 중 둘이 먼저 사라지고, 내가 선택해 남은 하나마저 놓칠 때의 심정은 이루 표현할 수 없을 만큼 고통스러웠다. 세상이 그대로 끝나는 것 같았다.

하지만 그 선택과 선택의 결과는 나를 앞으로 더 나아가게 해 주었다. 훗날 더 큰 꿈을 이루게 되는 원동력이 되어 주었다.

선택의 날. 그런 날이 온다는 것만으로 감사해야 할지도 모르겠다. 어떤 걸 고르더라도 한 번의 기회는 가질 수 있으니까. 혹여 선택의 결과가 당장은 실패로 이어진다 해도, 훗날 더 큰 것으로 돌아올 수도 있으니까. 나를 앞으로 더 이끌어줄 수 있으니까.

L의 선택은 어땠을까. L은 전주에 내려가서 시험을 봤고 합격했다. 워낙 출중한 친구였기에 당연한 일이었다. 그는 도전을 멈추지 않았다. 약 3년 뒤 그가 KBS 아나운서가 된 소식을 들을 수 있었다. 2년 전에는 연말 시상식에서 앵커상을 받는 모습을 눈앞에서 지켜봤다.

L이 했던 선택의 결과를 뭐라 표현할 수 있을까. 그에게 그 선택이 어떤 것이었든, 훗날 더 큰 것이 찾아온 건 확인할 수 있었다.

꿈꾸는 곳의 주변을
맴돌아보자

백수로 지내며 〈MBC 100분 토론〉 시민 논객 생활을 하던 시기였다. 시민 논객들은 다양한 표본 집단으로 구성돼 있었는데 그 조합이 절묘했다. 학생, 주부, 직장인, 취업준비생 등 우리 사회를 구성하는 대표 집단이었다. 서로 다른 세계의 사람들이 뭉치니 이야깃거리가 넘치는 건 당연한 이치였다. 자정 무렵 시작한 방송이 새벽 2시쯤 끝나면 늦은 시간에도 아랑곳하지 않고 방송 뒷이야기를 하며 날을 지새웠다.

하루는 1차 회식이 끝나고 장소를 문화방송 앞 포장마차로 옮겨 2차를 가게 됐다. 회사 바로 앞에 있기에 MBC 사람들은 그 포장마차를 '문화 살롱'이라고 불렀는데, 그 '문화 살롱'에서 대학 1년 선배이자 현직 아나운서인 K 선배를 맞닥뜨렸다. 반가운 마음에 나는 자리로 가 인사를 했지만 선배는 날 제대로 기억하지 못했다.

"이름이 뭐였지? 오- 그래그래. 열심히 하고 꼭 합격해서 보자. 힘내라."

특별할 거 없는 우연한 마주침이었지만 아나운서란 꿈을 꾸던 나는 그 만남을 굉장히 좋은 징조로 받아들였다. 무언가 내가 이곳과 연결되어 있다는 강한 느낌을 받았기 때문이었다. 알딸딸한 상태로 지하철 첫차를 타러 가며 멀어져가는 여의도 MBC 사옥을 바라봤다. 그리곤 그 선배에게 미처 하지 못한 말을 혼잣말로 되뇌었다.

'다음엔 후배가 돼서 꼭 다시 인사드릴게요.'

생각해보면 나는 MBC에 입사하기 전에도 회사 주변을 꾸준히 맴돌았다. 시민 논객을 하면서 일주일에 한 번 이곳을 찾은 건 물론이었고, 스터디를 하기 위해서 한 주에 한 번씩은 꼭 여의도를 왔다. 크고 작은 방송국 시험을 보면서 수시로 찾은 5호선 여의나루역은 어느덧 가장 익숙한 장소 중 하나가 돼 있었다. 꿈의 장소 주변을 들락거리는 일이 잦아지다 보니 내가 꿈꾸는 일을 하고 있는 사람과의 우연한 만남도 성사되었다.

떠날 때면 다음에 꼭 와야 하는 이유를 만들어 냈다. 면접이나 스터디가 아니더라도 여의도 공원을 찾기 위해 온다거나,

한강에 오기 위해 약속을 잡는다든가 하면서 지속적으로 꿈의 무대인 여의도를 찾았다. 그리고 두 눈으로 MBC 사옥을 바라보며 다짐했다.

'꼭 저기 가고 말 거야.'

딸이 중학생이 되면 가장 먼저 해주고 싶은 일이 있다. 바로 딸이 가고 싶어 하는 학교, 혹은 꿈의 장소에 데려가 주는 일이다. 직접 가 보고 그곳의 매력에 빠지면 하지 말라고 해도 그곳에 가기 위한 노력을 열심히 하지 않을까 하는 생각 때문이다.

꿈을 꾸고 있다면 꿈의 장소를 자주 찾아가 보자.
그 주변을 끊임없이 맴돌며
그에 걸맞은 노력을 해 보자.
그러다 보면 나는 어느덧
그곳에 가장 어울리는 사람이 돼 있을 것이다.
낯섦이 익숙함으로 바뀌며 내 장소가 되는 날,
그날이 바로 꿈을 이루어 내는 날이다.

나만의 설렁탕 한 그릇 ⟨⟨⟨

아침 7시에 영어 회화 수업을 마치고 나서 건대 입구 지하철역까지 걸어가는 길에 유명 프랜차이즈 음식점인 S 설렁탕집이 있었다. 쌀쌀한 아침 공기를 가로지르며 걸어가다 마주하는 설렁탕 한 그릇의 유혹은 치명적이었다.

하루는 발걸음을 멈추고 음식점 안의 메뉴판을 들여다보았는데, 보자마자 포기할 수밖에 없었다. '설렁탕 7,000원'이라고 쓰인 문구와 내 가벼운 주머니 사정이 동시에 얽히며 눈 딱 감고 지나쳤다.

당시 내 하루 예산은 1만 원. 상계동 집에서 건대, 건대에서 신촌, 신촌에서 다시 집으로 향하는 지하철 요금과 점심, 저녁값을 합쳐 1만 원으로 해결해야 했기 때문에 한 끼에 7천 원을 써 버리면 다른 한 끼를 먹을 수가 없었다.

매일 아침 구수한 냄새가 지하철역까지 따라오는 것 같은 착각을 주는 모닝 설렁탕에 대한 욕망을 접어두며 지하철에 몸을 실었다. 그리고 신촌역 출구 바로 앞에 서 있는 김밥천국으로 발걸음을 옮겼다. 옆에 김가네도 있었지만 김밥천국보다 평균 1천 원 정도 비쌌기에 김가네는 백수에겐 사치였다.

꿈을 이루면 돌아와서 저 설렁탕을 꼭 먹으리라 다짐하며 일주일에 5일, 월화수목금을 그렇게 지나쳤다. 그놈의 설렁탕이 뭐라고 그 앞을 지나갈 때마다 배에서 나는 꼬르륵 소리는 더욱 커졌고, 예전 한 과자의 광고 문구처럼 '언젠가 먹고 말 거야!'라는 강한 의지는 더더욱 커져만 갔다.

MBC 최종 합격 소식을 듣고 며칠 뒤, 홀로 그 설렁탕집을 찾았다. 자리에 앉아 떨리는 마음으로 7천 원짜리 설렁탕 한 그릇을 주문하고 앉아 있는데 눈물이 핑 돌았다. 김이 모락모락 나는 그 설렁탕 한 그릇을 먹어 치우는데 채 10분도 안 걸렸던 거 같다. 게걸스럽게 한 그릇을 마시다시피 하고 나서 한참을 그대로 멍하니 앉아 있었다. 창밖을 바라보니 수많은 사람이 빠른 걸음으로 그 설렁탕 집 앞을 지나가고 있었다. 스쳐 가는 사람들 속에 불과 며칠 전의 내 모습이 그대로 투영돼 보였다.

돌이켜 보니 이 작은 다짐은 내게 큰 동기를 주었다. 큰 목표 하나를 정해 놓고 달려가는 것도 중요하지만 중간중간 자극제가 있어야 하루하루를 의욕적으로 보낼 수 있다. 그리고 그 중간 촉매제는 너무 큰 것보다는 쉽게 달성 가능한 아주 사소한 것일수록 좋다.

볼 순 있어도 먹지는 못하는 한 그릇의 설렁탕은 내게 적절한 자극을 주었다. 식탐이 유난히 강한 나였기에, 좋아하는 것을 먹고야 말겠다는 의지는 하루를 버텨 내는 힘이 돼 주었다.

나만의 설렁탕을 꿈꿔 보자. 내가 가장 좋아하는 것 중에 하나로 골라서 말이다. 꿈이라는 긴 여정을 가는 중간중간 내게 풍기는 구수한 설렁탕 냄새는 우리에게 한 걸음 한 걸음 나아갈 수 있는 힘이 되어 줄 것이다.

약 3년 뒤, 꿈을 이룬 나는 S 설렁탕 집 본사에 현장 리포팅을 나갔다. 홍보팀 관계자에게 이 사연을 이야기하자 그는 비닐 팩에 담긴 설렁탕 세 봉지를 선물로 주었다. 집에서 부모님과 함께 설렁탕을 데워먹으며 그때를 추억했고 그때처럼 하루하루 또다시 나아가야겠다는 다짐도 다시 날 찾아오게 되었다.

지긋지긋한 추가 인생

지긋지긋한 추가 인생의 시작은 대학 입시였다. 불합격의 충격과 함께 예비 136번을 받았고, 앞의 능력자들이 다 빠져나가고 나서야 합격 통지를 받을 수 있었다.

ROTC 시험의 예비 번호는 1번이었다. 지원하고 나서도 할까 말까 망설였던 학군단이었지만 불합격 소식부터 받는 건 최악이었다. 하지만 프로게이머의 길을 걷겠다는 한 명이 입단을 포기하면서, 비교적 손쉽게 추가 합격증을 받을 수 있었다.

그게 끝일 줄 알았다. 설마 취업까지 추가 합격의 악령이 손길을 뻗치고 있을 줄은 꿈에도 몰랐다. 번호는 기억나지 않지만 모 기업에 또다시 추가로 이름을 올렸고 그렇게 사회생활을 시작했다.

보통 한 명의 남자 아나운서를 뽑는 MBC에도 2등으로 합격했다. 92년 이후 13년만인 2005년에 남자 T/O가 한 명에서 두 명이 됐는데, 다시 2년 만에 T/O가 둘이 되었기 때문에 운 좋게 막차를 탈 수 있었다.

그리고 얼마 전 다시, 추가되는 일이 또 생겼다. MBC 턱걸이 합격과 동시에 영영 떨쳐 보낸 줄 알았던 이놈의 추가 인생이 마흔 살이 되던 해 다시 찾아온 거다. 끈덕진 놈.

누군가 내 일은 개인적인 일의 범주라며 반대해 처음엔 수상이 무산됐다 했다. 사실 별거 아닌 일이지만 사람은 한 일에 대한 합당한 보상을 원하기 때문에 그 얘기에 속이 상할 수밖에 없었다. 억울하기도 했다. 그저 사람인지라. 그리고 나만의 영달을 위해 달려온 것도 아니기에.

추가되는 과정은 항상 괴롭다. 하지만 그 순간의 패배감만 잘 이겨낸다면 부쩍 성장하게 된다. 실패와 성공이 약간의 시간 차를 두고 거의 동시에 찾아오기 때문에 항상 겸손한 자세로 살게 해준다.

또한 할 수 있다는 자신감도 심어준다. 동기부여는 덤으로 찾아오게 된다. 그리고 추가였는지 한번에였는지 같은 일들은 시간이 지나며 잊힌다. 결국 남는 건 내가 해냈다는 사실이다.

그래서 다시 한 번 힘을 낸다. 매번 떨어지는 게 시험이요 인생이다. 하지만 경험상 끝까지 하는 사람에게는 반드시 온다. 지긋지긋한 그놈 말고. 기다리고 기다리던 반가운 그 친구가. 결국 오긴 온다. 추가든 한번에든.

대박을 터트리기 위해
필요한 세 가지

나를 가장 괴롭히던 생각 중 하나는 이런 것이었다.

'이렇게 열심히 하고 있는데, 나는 왜 다른 사람들처럼 잘되지 않을까.'

흔히 말하는 대박이 나는 건 노력만으로 이루어지지 않는다. 지속적인 노력에 더해서 운명의 시기가 찾아와야 한다. 즉, 때가 맞아야 하는 것이다.

나만의 길을 묵묵히 걸어가고 노력과 시기가 잘 맞물려 맞아떨어지는 그때, 소위 말하는 '대박'이 나는 것이다. 나의 길을 아무리 잘 가고 있다 할지라도 때가 오지 않으면 기를 쓰고 용을 써도 꿈은 쉽사리 이루어지지 않는다.

물론 그렇지 않은 사람들도 있다. 시작한 지 얼마 되지도 않은 것 같은데 금세 대박을 터트리는 사람들도 있다. 하지만 그런 경우는 쉽게 볼 수 없는 극히 드문 케이스다. 우리는 자꾸 얼마 없는 경우만을 바라보며 허탈해한다.

'나도 저 정도는 할 수 있는데 왜 안 되는 걸까.'

드문 케이스에 속하지 않는 평범한 우리는 한 가지를 더 준비해 놓아야 한다.

우선 때가 올 때까지 지치지 않게 차분히 나의 길을 걸어가자. 그리고 그때가 오면 잘 담을 수 있는 큰 그릇을 준비해 놓자. 나의 노력과 운명의 시기, 그리고 그걸 담아낼 수 있는 큰 그릇까지, 세 가지가 반드시 필요한 거다.

큰 그릇을 만들어 놓는 일은 중간중간 나를 끊임없이 도와준다. 나를 잘 나아가도록 격려해 준다. 큰 그릇이 없으면 매번 남들과 비교만을 하며 허탈감과 무기력함에 시달리게 된다. 그리고 결국 포기하게 될 수도 있다. 반대로 큰 그릇을 잘 다져놓으면 보상이 빨리 찾아와야 한다는 조급한 생각을 버릴 수 있다. 흔들리지 않고 차분하게 한 걸음 한 걸음 차례대로 다음 스텝을 밟아 나갈 수 있다.

나의 길을 묵묵히 걸어가며, 때를 기다려보자.

그리고 나의 그릇을 더 크게 크게 늘려보자.

누가 어떤 속도로 어디로 향하든 상관없이

나만의 것을 차곡차곡 담을 수 있게.

그리고 때가 돼서 나의 길 쪽으로 오면

꾹꾹 잘 담을 수 있게.

꿈을 잃으니
다시 새로운 꿈을 꾸게 되었다

"좋아하는 일을 했지만 더 좋아하는 일을 하지 못하고 있었습니다."

한 후배 아나운서가 직장을 그만두며 밝혔던 퇴사의 변이다. 좋아하는 일을 찾는 것도 어려운데, 찾는다 해도 꿈을 이루기는 더 힘든데, 심지어 꿈을 이루었다고 해도 끝이 아닌가 보다.

배우 차태현 주연의 영화 〈복면달호〉에서 주인공의 꿈은 록커다. 하지만 그는 본의 아니게 트로트의 길로 빠지게 된다. 원치 않던 곳이었지만 주인공은 그 세계에서 엄청난 인기를 얻으며 스타가 되고, 결국 마지막엔 본인이 그토록 하고 싶었던 록커로서 공연을 올리게 된다.

가수가 되는 게 꿈이었던 주인공의 진짜 꿈은 그냥 가수가 아니라 록커였고 결국엔 진짜 꿈에 도달한다. '좋아하는 일'을 넘어 '더 좋아하는 일'을 하게 된 것이다.

크리스토퍼 놀란 감독의 영화 〈인셉션〉에서 주인공은 다른 사람의 꿈속에 들어가 특정 생각을 주입하는 일을 한다. 사람이 잠들어서 일차적으로 꾸는 꿈을 1단계, 꿈속에서 또 꿈을 꾸게 되는 경우가 있는데 그 '꿈속의 꿈'이 2단계. 꿈속의 꿈에서 다시 꿈을 한 번 더 꾸면 3단계다. 주인공은 3단계에 들어가서 일을 해결한다. '꿈속의 꿈속의 꿈'에서.

아마 〈복면달호〉 주인공의 케이스가 꿈을 확실하게 이룬, 〈인셉션〉으로 따지면 2단계 꿈을 이루는 최고의 경우가 아닌가 싶다. '그냥 셰프'가 아닌 '한식 전문 셰프', '그냥 의사'가 아니라 '외과 전문의', '그냥 운동선수' 아니고 '축구 국가대표'처럼 말이다.

이런 식으로 좋아하는 일에 더해서 더 좋아하는 전문 분야까지 겹칠 때 '꿈속의 꿈'을 이루는 게 된다.

2년 전이었다. 회사 사정이라는 명목하에 업무 재배치를 받은 적이 있었다. 10년 넘게 해 왔던 내 전문 분야를 하지 말고 이제 다른 걸 하라는 것이었다. 내가 왜 그래야 하는지 어떠한 설명이나 납득할 만한 이유를 듣지 못한 채로 말이다. 그 전문 분야는 내가 '더 좋아하는 일', 〈인셉션〉으로 치면 2단계인 '꿈속의 꿈'이었다. 그걸 순식간에 잃어버린 것이다.

그런 일을 겪게 되자 스스로도 깜짝 놀랄 감정이 솟아나기 시작했다. 일 자체가 싫어져 버렸다. 아나운서 직업 자체가 싫어진 거다. 사랑했던 일이 싫어지는 이런 날이 내게 찾아올 줄은 꿈에도 몰랐다. 그토록 좋아했던 내 일이 '더 좋아하는 일'을 못 하게 되자 순식간에 미운 놈, 하기 싫은 놈, 죽일 놈으로 바뀌었다.

꽤 오랜 시간을 방황했다. 사람들을 피해 다녔고 항상 구겨진 얼굴을 하고 다녔다. 내게 주어진 일만 했고 그 이상은 일절 하지 않았다. 당연히 하고 싶지도 않았다. 그 어떤 것도 동기부여가 되지 않았기에 무기력해졌고 자연스레 전문성도 떨어지게 됐다. 나는 어느덧 조직에서 '뭐든 하기 싫어하는 놈', '매사에 부정적인 녀석'이 되어 있었다.

그런데 또 신기한 날이 찾아왔다. 나는 내 꿈이 이렇게 끝나는 건가 싶었는데 그게 아니었던 모양이다. 새로운 꿈을 만나게 되었다. 심지어 2단계인 '꿈속의 꿈'을 넘어 3단계, '꿈속의 꿈속의 꿈'을 꾸게 되었다. 거기에 더 놀라운 것은 새로운 꿈이 생기자 다시 내 일에 대한 사랑도 돌아왔다는 거다. 지금 내 눈앞의 일과 새로운 꿈에도 다시 전념할 수 있게 되었다.

사랑하는 일이 싫어졌던 그날.

나는 모든 것이 끝난 줄 알았다.

하지만 그게 아니었다.

길을 잃으니 길을 찾게 되었다.

꿈을 잃으니 다시 새로운 꿈을 꿀 수 있게 되었다.

더 깊고 높은 단계의 꿈을.

무엇을 해야 할지 더이상 알 수 없을 때

그때 비로소 진정한 무엇인가를 할 수 있다.

어느 길로 가야 할지 더이상 알 수 없을 때

그때가 비로소 진정한 여행의 시작이다.

- 나짐 히크메트, 〈진정한 여행〉 중에서

미친 문장을
만나는 일에 대하여

"사랑은 불행을 막지 못하지만 회복의 자리에서 우리를 기다린다."
- 이슬아 산문집 〈심신 단련〉 중에서

사랑과 불행, 회복, 그리고 자리.
어려운 말은 없다.

흔한 단어들의 조합으로 만들어진 그 한 줄.
지금껏 어디에도 없던 의미를 창조해 낸다.

지금의 아픔을 어루만져 줄 '회복의 자리'.
어딘가에 분명 존재하는 그곳은
우리를 다시 나아가게 해 준다.
회복의 자리는 우리를 치유하고 다시 떠나간다.
이제 필요 없게 된 그곳은

뒤도 돌아보지 않고 사라진다.

그리고 우리는.
그런 곳이 있었는지 기억조차 하지 못하게 된다.

시간은 흐른다.
그리고 우리는 다시 그곳을 떠올린다.
어디에 있는지 도무지 찾을 수가 없다.

그리고 어렵게 어렵게 찾아낸 그때 그 자리.
이번엔 절대 잃어버리지 말아야지.
언제 어디서든 다시 돌아올 수 있게 기록해 둬야지.
다시는 잊지 않게.

그러던 사이
다시,

기억이 나지 않는다.

미친 문장이 만들어 내는 세상에 대하여.

무언가 하지 않으면
안 된다는 강박이 지배하는 날

새해 첫날이 되면 무언가를 꼭 해야만 했다. 해돋이를 보러 남산에 가거나 하늘공원에 올라가야 했다. 아니면 훌쩍 여행이라도 떠나야 했다. 그것도 여의치 않으면 휴일 근무를 자청해서 일이라도 해야 했다.

그렇게라도 무언가를 하지 않으면 미쳐 버릴 것 같았다. 마음이 터져 버릴 것 같았다. 비는 시간 없이 무엇이든 계속 하고 있어야 한다는 생각이 강하게 날 지배했다. 좋게 이야기하면 부지런을 떨었고, 반대로 보면 강박에 시달렸다. 무언가 하고 있지 않으면 뒤처질지 모른다는 조바심도 날 괴롭혔다.

'절실하다'와 '절박하다', 모두 중요하고 급하다는 의미지만 '절실하다'보다 '절박하다'의 뉘앙스가 조금 더 세게 와닿는다. '절박하다'는 '절실하다'보다 어떤 일이 더 크고, 더 조급한 느낌을 준다. 이 미묘한 차이는 제법 다른 결과를 만들어 낸다.

절실함은 남아있지만 절박함이 조금 사라지면 약간의 여유가 생기게 되는데, 나는 이 여유를 '억지 여유'라고 부르고 싶다. 억지로 쌓이는 여유니까 '억지 여유'다. 수많은 경험을 통해 과도한 긴장을 하지 않게 되며 내 안에 억지로 여유가 생기는 것이다. 실패를 수십 번 반복하고 학습하며 나의 상황을 객관적인 시각에서 파악하는 능력도 갖게 된다. 이렇게 '억지 여유'가 생겨나면, 안 될 것 같다는 판단이 설 때 무리하지 않게 되고, 가능성이 보이는 일에는 과감하게 승부를 던질 줄 알게 된다.

여유가 없으니 절실함을 넘어 절박함만이 있었다. 항상 급했다. 그동안 잃어버린 시간이 너무 많다고 생각해서였는지 계속 앞으로만 나아가야 한다고 생각했다. 남들보다 더 높은 곳으로 올라가길 원했다. 더 빨리 뻗어 나가고 싶었다.

하지만 내가 바라던 결과는 찾아오지 않았다. 내 깜냥을 스스로 너무 과대평가했던 것일 수 있고 혹은 반대로 너무 과소평가한 탓에 조급한 마음만 들었는지도 모르겠다.

그래서 그렇게 새해 첫날만 되면 어디든 올라갔던 거 같다. '올해는 그 바람이 꼭, 반드시 이루어져야만 해!' 하고 말이다. '이루어졌으며 좋겠어.' 정도만 돼도 좋았는데, '꼭 해야만 해!'를 달고 살았다. 여유 없이 절박하기만 했던 나의 모습은 그 어느 때보다 빛을 잃어가고 있었다.

무언가 하지 않으면 안 된다는 강박이 나를 지배하는 나날이 이어진다면 '억지 여유'가 필요하다. 눈앞의 것만을 바라보며 조급해하지 말고 한 걸음 떨어져서 나를 객관적으로 돌아보자. 내가 누구보다 열심히 달려왔다면, 조금 떨어진 곳에서 바라보는 나는 충분히 꿈을 이룰 수 있는 사람으로 비칠 거다.

그 순간이 오면 불확실성은 확신으로 바뀌게 될 거다. 내가 해낼 수 있음을 믿을 수 있을 거고 '억지 여유'가 생겨날 거다. 그 '억지 여유'는 내 절박함과 조급함을 지워 주며 나를 가장 빛나게 해줄 거다. 나에 대한 믿음이 더욱 공고해지는 그 순간, 바로 그때가 꿈을 이루기 직전의 순간이다.

지금껏 이런 날은
수도 없이 많았다

유난히 버거운 날이 있다.

도저히 이겨낼 수 없을 것 같고,

도무지 할 수 없을 거 같은 날.

여태껏 한 번도 겪어 보지 못한 날이라고,

가혹하기 그지없는 순간이라고 여겨지는 날.

한번 돌이켜 보자.

처음 겪는 어려움이 아니다.

지금껏 이런 날은 수도 없이 많았다.

그 힘든 날들을 견디고 나니,

버텨내고 나서 돌아보니,

그날이 그리 어렵지 않은 날이 된 것뿐이다.

그때도 내가 그렇게 잘 이겨 낼지 몰랐다.

하지만 결국 나는 극복해 냈다.

이런 날은 앞으로도 무수히 찾아온다.

도저히 안 될 거 같다는 생각만이
다시 나를 지배하고 있다면
이 어려운 일을 수없이 해냈던 지난날의 나를 돌아보자.

그리고 나를 인정해 주자.
과거에 내가 해낸 일들을 인정해 주다 보면
지금 또다시 찾아오는 이런 날들을
얼마든지 다시 이겨 낼 수 있다.

비가 온 뒤 땅이 굳고,
상처가 아물면 새살이 돋으며,
한번 아팠던 곳에 다시 찾아오는 아픔은
이전만큼 크지 않다는 걸 생각해보자.

굳이 스스로를 깎아내리지 말자.
그동안 눈앞에 닥친 수많은 힘듦을
아무것도 아닌 일로 바꿔 왔던 나니까.

이런 날 알아주는 이런 날

믿어지지 않는다.
아직도 실감이 나지 않는다.
항상 그랬듯이 머릿속은 온통 그 생각뿐이다.

온종일 설렘과 떨림이 멈추지 않는다.
흥분을 가라앉히려 해도 들뜬 마음은
쉽사리 내려가지 않는다.
사실 그럴 필요도 없는데.

전하고 싶다.
이야기하고 싶다.
이 사실을 빨리 누군가에게 말하고 싶다.

나도 누군가에게 꼭 필요한 사람이었다고.
보잘것없는 날 드디어 알아주었다고.
이제 나도 앞으로 나아가고 있다고.

이런 나를 알아주는 이런 날이 있다고.

이런 날이 올 거라는 건 알고 있었다.
내가 틀리지 않게 가고 있다는 확신도 있었다.

다만, 보이지 않았다.
그래서 불안했다.

코앞에 있었지만,
구름과 어둠에 가리고
돌풍에 눈을 뜨지 못해
볼 수 없었다.

오늘이 오고 나서야 알게 됐다.

그 구름과 어둠과 돌풍은 모두 내가 만든 것이었다.
그래서 하루하루가 그리도 힘들었나 보다.
그 누구도 아닌,
나로 인해 의미가 사라진 날들이었으니까.

버려진다 생각했던 수많은 날은
오늘을 위해 존재했다.

그날들이 없었다면
이런 날은 올 수 없었다.

이런 날 알아주는 이런 날.

Epilogue

출간을 앞두고 걱정스러운 마음에 아내에게 이런 말을 했습니다.

"내 책은 꿈에 대한 이야기잖아. 그런데 꿈이 없는 사람들은 어쩌지? 그런 분들은 전혀 공감 못 할 거 같아…"

이 말을 들은 아내는 잠시 골똘히 생각하더니 이내 차분하게, 확신에 찬 말투로 말했습니다.

"꿈이 없는 사람은 없어!"

꿈에 대한 이야기를 실컷 늘어놓고선 이제 와 다시 멍청한 이야기를 꺼낸 제게 아내가 일침을 가한 겁니다. 누구에게든 마음속에 묻어둔 꿈 하나는 살아 숨 쉬고 있다고 자신 있게 말해 놓고, 이런 질문을 다시 꺼내 든 제가 스스로도 어이없었습니다. 짧은 대화에서 다시금 깨달음을 얻으니 꿈에 대한 제 이야기가 쓸모없을 거란 걱정도 거둘 수 있었습니다.

꿈이 없다면 하루하루가 고역이겠죠. 거창한 무언가가 아니어도 꿈은 그 자체로 살아가는 이유가 됩니다. 오늘 일을 마치고 가족과 함께 맛있는 저녁 한 끼를 먹고 싶다든가, 단풍으로 곱게 물든 길을 걸어보고 싶다든가 하는 나만의 소박한 꿈이 분명 있을 겁니다.

자연스레 어머니 생각이 났습니다. 우리 남매는 버릇처럼 말씀하시던 이 말씀을 들으며 자라왔습니다. "우리 집만 생기면…", "큰 집으로 가면…", "어서 빨리 집 사야지…" 어머니의 꿈은 소박하지만 그리 힘들다는 내 집 마련이었습니다.

몇 달 전 아버지와 어머니는 그토록 원하시던 새집에 새로이 둥지를 틀었습니다. 두 분 모두 칠순 언저리에 드디어 전셋집이 아닌 내 집이 생긴 것이죠.

이삿짐이 들어오기 전 바닥에 비닐을 깔고 채 빠지지 않은 새집의 탁한 공기와 함께 짜장면과 탕수육을 먹었습니다. 분명 공사의 여파로 아직도 매캐한 냄새가 남아 있는데 어머니는 괜찮다고만 하셨습니다. 얼굴에는 신이 난 모습이 역력했습니다. 몇십 년 만에 내 집 마련의 꿈을 이룬 어머니에게 그 정도 새집 증후군은 새집의 향기쯤으로 여겨지지 않을까 하는 생각이 들었습니다.

돌이켜보니 어머니는 늘 꿈을 찾아다니셨습니다. 자식들에게 맛있는 빵을 만들어 주고 싶다며 제빵 학원에 다니셨고, 키우던 강아지 미용을 직접 해주고 싶다며 충무로의 애견 미용 학원도 다니셨던 기억이 납니다. 2년 전 즈음부터 여동생 가족이 중국에 머물게 되자 손주 보러 가신다며 중국어 공부를 하시던 모습도 눈에 선합니다. 결국 작년에 가서서 훌륭히 한두 마디를 하고 오셨다 합니다.

최근엔 이런 말씀을 들었습니다. 건강이 점점 나빠지는 아버지를 생각해 요양 보호사 자격증에 도전하신다는 말씀이었습니다. 생각만 해도 가슴이 미어지는 일이지만 사랑하는 가족을 위해 다시 꿈을 꾸게 된 어머니의 모습에 오늘의 나를 돌아보게 됐습니다.

나이가 더 든다 해도, 내 상황이 어떻게 달라진다 해도, 하나만큼은 분명할 것 같습니다.

쉬지 않고 꿈을 찾아가는 어머니의 모습처럼,
꿈꾸는 일을 멈추지 않으며,
꿈꾸는 일을 포기하지 않으며 살아가고 싶습니다.

포기할까 망설이는 너에게

1판 1쇄 발행 2020년 11월 11일
1판 3쇄 발행 2021년 12월 23일

지 은 이 김나진
그   림 하 몽

발 행 인 정영욱
기획편집 정영주
교   정 유지수

펴낸곳 (주)부크럼
전 화 070-5138-9971~3 (도서기획제작팀)
이메일 editor@bookrum.co.kr
인스타그램 @bookrum.official
블로그 blog.naver.com/s2mfairy
포스트 post.naver.com/s2mfairy

ⓒ 김나진, 2020
ISBN 979-11-6214-346-9